读客

读客科幻文库

跟着读客读科幻，经典科幻全看遍。

阿西莫夫：
永恒的终结

[美] 艾萨克·阿西莫夫 著

崔正男 译

ISAAC ASIMOV
THE END OF ETERNITY

江苏凤凰文艺出版社
JIANGSU PHOENIX LITERATURE AND ART PUBLISHING, LTD

献给霍勒斯·戈尔德

目 录

第一章 时空技师

安德鲁·哈伦迈步走进时空壶。时空壶壶身呈现出完美的圆形，严丝合缝地嵌在一道垂直竖井里。竖井由一圈排列稀疏的竖杆围拢而成，这些杆子微光闪烁，一直向上方延伸，在哈伦头顶之上6英尺的高度，没入一片雾气之中消失不见。哈伦设定好控制仪，推动手感平滑的操纵杆。

壶没有动。

哈伦也没指望它会动。他知道不会有任何位移，不上不下，不左不右，不会前进也不会后退。不过竖杆围拢的空间却开始融合成一片灰色空虚体，仿佛整片空间凝结成有形的固体，尽管实际上这里的一切并不会有实体的形态。他的确感到胃里有点轻微的搅动，还有一点微微的头晕（难道是心理作用？）。这种感觉提醒他，时空壶里的一切，包括他自己，都正在做急速的时间上移，穿越永恒时空，前往未来。

他在575世纪登上时空壶，那里是两年前上级指派给他的操作基地。此前，575世纪已经是他个人时空上移最远的记录。而现在，他的上移目的地远在2456世纪。

通常而言，在目前情境下他应该会感到有点失落。他自己的故乡世纪还在遥远的下时，确切地说是95世纪。95世纪是个原子能受到严格限制的时代，比较老土，喜欢用原木作建材，与邻近世纪的贸易中只会出口特定类型的蒸馏水，再进口一些苜蓿种子。尽管哈伦自从15岁加入组织，成为"时空新手"后，就再也没回过95世纪，但每次在永恒时空中做出远离"家乡"的位移，他依然会感到怅然若失。在2456世纪，他将距离自己出生时24万年之遥。即使对于一个心如铁石的永恒之人而言，这段距离也相当遥远。

在一般情况下，事情总该如此。

不过现在哈伦的心绪却不在此处。他口袋里的文件非常沉重，这让他有点紧张，还有点疑惑。

他的双手几乎是在无意识地翻飞操作，让时空壶终止运行，停在恰当的世纪。

一个时空技师会因为外物而感到紧张或者焦虑，是很奇怪的事。他的导师亚罗曾经说过："不管怎样，一名时空技师必须时刻保持心如止水。他亲手引发的现实变革可能影响500亿人的命运。其中至少有上百万人的人生会发生彻底的改变，以至于变成与从前完全不同的新人。在这种情境中，技师本人任何的情绪变动都会对工作造成极大阻碍。"

哈伦猛地摇了摇脑袋，把他导师干瘪的声音赶出脑海。在当年那些日子里，他从未想过自己居然拥有适应这个特殊岗位的罕见天赋。但情绪的波动还是袭上他的心头。不是为那500亿人——500亿人，他怎么关心得过来。一个人，他只关心那一个人。

他发现时空壶已经停稳，便强迫自己收拢思绪，让自己进入一个时空技师本该呈现出的那种冷酷客观的状态中，然后走出时空壶。当然了，他走出的这个壶已经不是他登上的那个，因为它已经由完全不同的原子所构成。对此他也像任何一位永恒之人一样，毫不在意。如果谁还对时空旅行的玄妙之处念念不忘，而不是视其为理所应当，只能说明他还是个"时空新手"，也就是永恒时空里的菜鸟。

在非时间非空间的无限薄膜前，他又停了下来。这里就是永恒时空与一般时空的分界线。

这段永恒时空的分区对他而言完全陌生。当然了，他也从《时空手册》里查了一下资料，有了一点粗浅的认识。不过书本知识永远无法替代亲身体验，他绷紧神经，准备接受最初穿越的冲击。

他调整好控制仪，从一般时空进入永恒时空很容易（但从永恒时空进入一般时空则非常复杂，这种穿越行为相应的也比较少）。他穿过隔膜，发现面前是一片炫目的白光，不禁眯起眼，还扬起手，遮住眼帘。

面前只有一个男人。一开始，哈伦只能朦胧地看到他的轮廓。

那人说道："我是社会学家坎特·伏伊。我想您应该就是哈伦技师吧。"

哈伦点点头说："时间之神啊！这些装饰能撤了吗？"

伏伊看了看周围，宽宏大量地说："你指这些分子薄膜吗？"

"没错。"哈伦说。《时空手册》上提到过这些，但从来没说它们会有如此疯狂的眩光。

哈伦觉得自己的恼火是有理由的。像大多数世纪一样，2456世纪也是物质导向时代，所以他理所当然地认为，在踏入这个世纪的时刻，他应该是比较适应的。他（还有任何生于物质导向时代的人）不会一进来就碰上300度的能量漩涡或者600度的动态力场之类，然后搞得头晕目眩。在2456世纪，为了让进来的永恒之人感到舒适，从墙壁到钉子应该都用物质构建。

确切地说，应该由各种物质构建。生活在能量导向时代的人可能无法明白这点。在他们看来，所有物质几乎都是一回事，只有数量、质量和开发程度的差别。但是对以物质为导向的哈伦而言，物质则可以分为木材、金属（细分的话还有轻重金属之别）、塑料、硅酸盐、水泥、皮革等等。

不过这里的一切物质全都是镜面！

这就是他对2456世纪的第一印象。一切物体的表面都在反光或者闪光，到处都是完整无缺的倒影镜像，这就是某种分子薄膜的效果。到处都是他无穷无尽的反射倒影，还有社会学家伏伊的倒影，还有他能看见的一切物体的倒影，既有整体又有无限细节，360度无死角。一切都那么混乱，流光溢彩的混乱，让人晕眩不堪。

"对不起，"伏伊说，"这就是本世纪的风俗，分配给本世纪的永恒时空分区也按照本地风俗做了装饰，希望能加速永恒之人的适应。过一会儿你就习惯了。"

伏伊快步走来，脚下踩着一个上下颠倒的完美倒影，脚步一致，动作和谐。他伸手拨动一个纤细的指针，把它从一组螺旋刻度上拨下，调回原点。

镜像消失了；外来的眩光也熄灭了。哈伦感到世界终于清净了。

"请跟我来。"伏伊说。

哈伦跟他走过空荡荡的走廊。他知道就在刚才，这条走廊里还充斥着光怪陆离的眩光和镜像。他们走上一条甬道，穿过前厅，走进办公室。

在这段短短的路程中，他们半个人影都没见到。这种场景哈伦再熟悉不过，早就习以为常。要是在半路上有个人影匆匆闪过他的视野，那才奇怪，说不定还会吓到他。毫无疑问，一个时空技师即将造访的消息早就传开。即使是伏伊也和他保持一定距离，哪怕哈伦的手不经意间拂过他的袖子，伏伊也会马上退缩避开，动作非常明显。

哈伦心中涌上一丝苦涩，然后微微有些惊讶，自己居然还有这种感触。他一直以为包裹自己心灵的外壳足够坚硬，不会再为这种事所动。如果他错了，如果他的心灵早已变得柔软，那么只能有一个原因。

诺依！

社会学家坎特·伏伊前倾身体，仿佛在向对面的时空技师表达善意，不过哈伦不得不注意到更为明显的事实——他们两人此刻坐在一张大桌子的长轴两端，距离很远。

伏伊说："我感到非常高兴，您这样一位声名卓著的时空技师，居然会对我们这里的一个小问题感兴趣。"

"是的。"哈伦以时空技师应该具备的冷漠声音答道，"这个问题有它值得关注的点。"（他表现得够冷漠吗？他的真实动机是不是露馅了？他额头上的汗珠是不是泄露了他的心虚？）

他从内口袋里取出记录现实变革计划概要的箔片卷。这是一个月前呈送全时理事会的那份报告的副本。通过他跟高级计算师忒塞尔的关系（就是那个忒塞尔本人），哈伦弄出一份副本简直不费吹灰之力。

在展开箔片之前，哈伦先撕开封套，把它放在桌面上方，让它被一个力道温和的磁场托住，不过此刻他的动作又停顿了一下。

覆盖在桌面上的分子薄膜的镜面效果虽然已经得到抑制，但并没有完全消失。他先看到自己手臂的倒影，然后是脸，镜中的自己正从桌面上阴郁地仰视过来。他今年32岁，不过看起来还要老一些。不用别人提醒，他自己知道。他那张长脸，还有漆黑眉毛下更加漆黑的眼睛，让他看起来多少有些神情沉郁、目光冷漠，非常符合永恒之人对时空技师的标准印象。可能就是这份自知之明，才让他走上时空技师的不归路。

不过他突然又伸手一抄，把桌面上方的箔片收回手中。

"我不是社会学家，先生。"

伏伊微笑，"听起来真可怕。但凡一个人张口就说自己缺乏某个领域的知识，那么紧接着他就要提出一些不靠谱的观点了。"

"不，"哈伦说，"没什么观点。只有一个请求。我只希望你能检查一下这份概要，看看你有没有什么小细节搞错了。"

伏伊脸色马上一紧。"希望不会。"他说道。

哈伦一只胳膊甩在椅背后，另一只搭在自己膝盖上。他必须克制情绪，不让自己的手指焦躁不安地敲动。他也不能咬嘴唇。他不能让任何肢体细节泄露自己的情绪。

自从人生方向彻底扭转之后，他就一直留意审查这些现实变革计划概要。作为高级计算师忒塞尔的专属时空技师，他只需要稍稍微调一下自己的职业操守，就可以在全时理事会枯燥冗杂的行政程序中找到罅隙，拿出这些文件。尤其是当下，忒塞尔本人的注意力已经越来越陷入他自己那个宏大的计划中。（哈伦的鼻翼动了动。如今他可是对那个计划略知一二了。）

对于自己能否在有限的时间内找到目标，哈伦一度没什么把握。当他刚接触到序列号为V-5的"2456-2781世纪现实变革计划"时，甚至怀疑自己的推理是不是出了错，是不是因为过度期待作出了错误的判断。他花了整整一天时间反复检查方程式，心里七上八下，不过随着时间推移心里越来越兴奋，同时狠狠感谢命运，幸好自己当年学过最基础的心理数学。

现在伏伊就带着同样忐忑的心情，重复他当时的劳动。

伏伊说："我说吧，我自己看来，它好像挺圆满的，没什么问题。"

哈伦说："我提醒你，请特别留意本世纪当前现实社会上的求偶行为模式。我想这属于社会学范畴，是你的职责。所以我到了这里要先安排见你，而不是别人。"

伏伊现在眉头紧锁。他依然保持礼貌，但语气中明显多了一分冷淡。他说："分派给我们时空分区的观测师们都非常称职。我有充分的信心，观测师为这份报告搜集到了足够精确的数据。你有什么反证吗？"

"没有，社会学家伏伊。我承认他们的数据，我质疑的是从数据引申出的推论。如果将求偶模式数据列入考量，你有没有在这个问题上做变换张量综合计算？"

伏伊睁大了眼睛，眼神中露出如释重负的神情。"当然了，技师，当然了，但求值的结果又回到它自己。是有些小维度变量，但彼此循环抵消，不会产生什么影响。我希望您能原谅我没有使用精确的数学语言，只用这些日常词汇解释。"

"这样更好。"哈伦声音冷淡干瘪，"我不是社会学家，更不是计算师。"

"那就好。你提到的变换张量综合计算，或者按我们说的叫作多路径统计，是无意义的。那些分叉的路径还会重新聚合，合并成一条路径。在我们的报告里，这种事根本不用提。"

"既然您这么说，先生，我会尊重您更专业的判断。不过，还有M.N.C.^①的事。"

正如哈伦所料，一听到M.N.C.——最小必要变革——这个字眼，社会学家的脸马上抽搐了一下。时空技师是这个领域的专家。如果要对一般时空中无穷无尽的现实可能性作出数学分析，社会学家的能力不容质疑；但在M.N.C.的问题上，时空技师才是最高权威。

机器计算对此无能为力。即使是有史以来最强悍的计算机阵列，由有史以来最聪明最资深的高级计算师操作，也无法揭示M.N.C.可能发生的范围。这种事就要靠时空技师出马，扫一眼数据，就能找到变革发生的确切位置。一个优秀的时空技师极少出错，一名顶级时空技师永不出错。

哈伦就从未出过错。

"你的时空分区会出现M.N.C.，"哈伦说（他声音冷静，语调平稳，每一个音节都是完美的共时标准语发音），"它会引发一场空间事故，至少十几个人会因此立即死亡。"

"无法避免。"伏伊耸耸肩。

"与此同时，"哈伦说，"我认为这起M.N.C.最终归结到的仅仅是这个容器的位移，它会从这个货架转移到另一个。就在这

---

① Minimum Necessary Change.

里！"他修长的手指指向箔片上的某处。他那细心保养的洁白指甲沿着一排孔眼划过，留下浅浅的记号。

伏伊沉默而痛苦地思考着对方提出的问题。

哈伦说："这会不会改变你所忽视的某个路径分叉的地位呢？它会不会提升这条无关紧要的路径分叉的重要性，将其变成几乎笃定实现的现实？然后指向——"

"——指向完全实现的M.D.R.①"伏伊喃喃说道。

"指向必然发生的最大可能反应。"哈伦说。

伏伊抬起头来，黝黑的脸上阴晴不定，既有懊恼也有愤怒。哈伦不经意地发现这个男人的巨大上门牙中间有条明显空隙，让他看起来像只天真无邪的兔子，再对照他极力克制的谨慎言辞，非常滑稽。

伏伊说："我想我要去全时理事会做场听证会了。"

"我认为不会。据我所知，全时理事会还不知道这些。至少这份现实变革计划书流传到我手里的时候，没听到任何评论。"他没有向伏伊解释"流传"的含义，伏伊也没问。

"然后你发现了这个错误？"

"是的。"

"而你并没向全时理事会汇报？"

"没有。"

伏伊先是松了口气，脸色马上又凝重起来。"为什么？"

"这种错误几乎人人都会犯。我觉得自己可以在危害发生之前及时制止。我的确做到了，还有什么必要再追究呢？"

---

① Maximum Desired Response.

"哦——非常感谢，时空技师哈伦。您真够朋友。就像您说的，时空分区内这种错误在操作中无法避免。不过一旦列入记录，就显得有点不近人情了。"

他顿了顿继续说道："当然了，考虑到这项变革引发的大量个人命运变迁，死上区区几个人就不是什么大事了。"

哈伦不为所动，听起来他并不是真的感恩。他大概还心怀怨恨。如果他静下心来好好回味，一定会更愤恨。他逃过责罚，避免了信用评级降分，却要归功于一个时空技师。如果我同样是社会学家，他恐怕会冲过来跟我亲切握手，不过面对一个时空技师，他一根指头都不会碰。无端地害死十几条生命，他不以为忤，但跟一个时空技师的一点点身体接触，他都避之不及。

夜长梦多，愤恨只会增长，所以哈伦不给他喘息的时间。"如果你想表达谢意，不妨在你的时空分区内帮我处理一件小小的杂事。"

"杂事？"

"一件人生规划的事。需要的资料我都带过来了，还有482世纪一项现实变革计划的资料。我想知道这项变革计划产生的后果，对某个特定公民产生了什么影响。"

"我不是很清楚，"社会学家缓缓地说，"可能我有点没搞懂您的意思。在您自己的时空分区内，您也有足够的资源完成这件事吧。"

"当然有。不过我对它的关注纯属个人研究，所以我同样不想让它出现在官方记录里。要是在我自己分区内操作的话——"他话说半句，只用一个表示不确定性的手势结尾。

伏伊说："所以你不想通过官方渠道。"

"我希望此事秘密进行,结果你知我知即可。"

"这个嘛,非常不合常规。恕我不能同意。"

哈伦皱起眉头。"把你的失误事故瞒下来,不报告全时理事会,同样不合常规。这事上你似乎很能变通。如果我的事必须严格照章执行,那么你的事也得按规矩办了。我的意思你应该明白吧?"

从伏伊脸上的表情看,他应该非常明白。他伸出手:"我可以看看那些资料吗?"

哈伦紧绷的心情略微一缓。最难的一关已经过了。社会学家低头审视他带来的那些箔片资料,他忍不住迫切地看着。

这个过程中社会学家只说了一句话:"从时空进程来看,这项现实变革微乎其微。"

哈伦抓住机会,赶紧顺着他的话头即兴编造:"就是,我也觉得太微不足道了。还在临界变化幅度之下,所以我才选取一个个体样本做测试。可想而知,为这种毫无把握的事情动用我的本时空分区资源,会惹来多少非议。"

伏伊没有回答,哈伦也打住话头。言多必失,小心为上。

伏伊站起来。"我会把这件事交待给手下的人生规划师。我们会一直保密。不过,你应该明白,这种事情下不为例。"

"当然。"

"还有,如果您不介意的话,我要去观测现实变革进程了。我相信您会遵守承诺,把M.N.C.的事亲手处理好。"

哈伦点点头。"我会负责到底。"

当他们走进观测室的时候,已经有两块屏幕正在运行了。工程师们把它们的时空坐标调整好之后就离开了，光芒闪烁的房间里只有哈伦和伏伊两人。（分子薄膜的作用依然可以感受到，而且不仅仅是能感受到而已，不过哈伦的注意力都在屏幕上。）

两块屏幕中的场景都保持静止，因为它们都精确显示出一般时空中某个瞬间的场景，所以静止不动。

一块屏幕的图像色彩自然而清晰，是一幅引擎室的画面。哈伦知道，它属于一艘试验太空船。一扇舱门正在关闭，透过还没来得及合拢的空隙，可以看见门内有一只明亮的鞋子，红色半透明材质。它也没有动，一切都静止不动。如果图像清晰度足够高，把空气中的尘埃都显示出来，那么尘埃也一定静止在空中。

伏伊说："在图像所显示瞬间之后的两小时三十六分钟之内，引擎室会一直空无一人。按照目前正在发生的现实进程，就会这样。"

"我知道。"哈伦喃喃说。他戴上手套，敏锐的目光扫过，早已记住那件关键容器当前所处的位置，脑海中计算着操作步骤，推测它能被移放的最佳位置。他还飞快地扫了一眼另一块屏幕。

如果相对于他们两人所处的永恒时空而言，表示"当前"的引擎室画面呈现出的是清晰自然的色彩，那另一块屏幕上的所呈现出的二十五个世纪之后的"未来"画面，则闪烁着"未来"影像应有的蓝色光景。

那里是一座太空港。蓝绿色的地面，淡蓝色的裸露金属建筑，墨蓝色的天空。一尊下方鼓起的奇怪圆柱体竖立在前景中，背景中还有两个同样的家伙竖着。三个圆柱都向上伸着劈开的鼻头，深深地咬进太空船的腹部。

哈伦皱皱眉头。"奇形的怪状。"

"电子重力装置，"伏伊说，"2481世纪是唯一开发出电子重力太空航行技术的时代。不需要燃料，不需要核能。真是一种完美无瑕的设备。很遗憾我们的变革会把它抹掉。真可惜。"他的目光聚焦在哈伦身上，带着明显的腹诽。

哈伦抿着嘴唇。腹诽？当然要有！为什么没有呢？他是时空技师啊。

确切地说，关于那些药物滥用问题的详细材料是某个观测师搜集到的。又有某个统计师得出数据显示，某些从前的变革行动会导致药物成瘾率上升，这个趋势发展到"当前"、人类的药物成瘾率达到历史顶峰。然后又是某个社会学家，可能就是伏伊本人，把这些数据编译成特定社会的精神病理特征概要。最后，某个计算师计算出把药物成瘾率降低到安全水准所需要的现实变革，同时发现作为变革的一个副作用，电子重力太空航行技术将不会出现。十几个，甚至上百个人，在永恒时空里各司其职的无数人，共同完成了这项工作。

但最后，一个像他一样的时空技师就会出场。按照其他所有人群策群力得出的方向，他会亲手启动变革发生。而这时候，所有人都会以鄙夷的眼光看着他。他们的目光在说：摧毁那些美好事物的人，是你，不是我们。

而且正因如此，他们会谴责他，排斥他。他们把自己心中的罪孽转嫁在他的肩头，然后鄙视他。

哈伦粗声说："太空船不重要。我们关心的是其他那些。"

"那些"指的是人类，永远无法触及太空旅行的可怜人类。与跨越星海的伟大航程相比，地球，以及整个地球文明永远都相形见绌。

他们只是一群可怜的牵线木偶，人形牵线木偶。他们永远都扬着小小的手臂，迈开小小的腿脚，以滑稽的姿势被定格在一般时空的某个瞬间里。

伏伊耸耸肩。

哈伦正在调整装在左手腕上的小型力场发生器。"把事情办完吧。"

"稍等。我要和生命规划师联系一下，看看他要花多少时间才能搞完你交待的事。我分内的事，我也想尽快搞定。"

他的手指在一个便携式通信器上灵巧地敲打了几下，然后竖起耳朵倾听回复过来的咔嗒声。（永恒时空这个分区内的另一个特征，哈伦想——用咔嗒声来编码信号。很聪明，但有点做作，就像那些明晃晃的分子薄膜。）

"他说最多不超过三个小时，"伏伊最后说，"而且，顺便说一句，他挺喜欢目标的名字。诺依·兰本特。是个女的，对吗？"

哈伦的喉咙里有些干涩。"是的。"

伏伊嘴角微微扬起，脸上慢慢浮现出一丝浅笑。"听起来挺有意思。只闻其名啊，我倒是想亲眼看看她。我们这个分区，好几个月没来过女人了。"

哈伦不知道该如何回答。他看了社会学家一阵，然后突兀地转过脸去。

如果说永恒时空中有什么瑕疵的话，那么就是女人。从他踏入永恒时空的第一天起，他就知道这个缺憾，但直到第一次见到诺依那一刻，他才真切地理解了其中含义。从那时起，他便轻易地踏上了完全相反的人生道路，彻底背弃了成为永恒之人时的誓言，背弃了从前的一切信仰。

为了什么？

为了诺依。

而且他毫不羞愧。这种坦然才是最让他感到震惊的。他真的毫无愧疚。他已经一步步深陷犯罪的泥沼，却毫无内疚之情。那是真正的罪行，与之相比，刚才这种私改人生规划的行为只不过是小儿科。

如果需要的话，他还会心甘情愿地越陷越深。

突然间，一个念头第一次清晰地出现在他的脑海。虽然他赶紧把它驱赶了出去，但他心里清楚，这想法一旦滋生就难以清除，早晚还会卷土重来。

这个念头非常简单：如果需要的话，他敢摧毁整个永恒时空。

最糟糕的问题在于，他知道自己完全有能力做到。

第二章 观测师

哈伦站在通向一般时空的门口，想到自己已经踏上全新的人生道路。过去的一切曾是那么单纯。他也曾有过理想，至少也有一点人生目标，以之为生，为之而活。每一位永恒之人人生的每个阶段，都有其目标。所谓"人生准则"第一句话是什么来着？

"一位永恒之人的人生可以划分为四个阶段……"

一切都运行如常，但对他而言，一切都已改变，破镜永远无法重圆。

从前他也曾经忠诚地走过永恒之人必经的四个阶段。首先，人生的前十五个年头他还根本不是永恒之人，只是一般时空内的普通人。一个人必须先来自一般时空，是普通人，才有可能跻身永恒之人之列；没人生来就是永恒之人。

在他十五岁的时候被选中，其间经历了精细的淘汰和筛选程序，虽然他本人当时并无意识。在经历了与家人最终的痛苦别离，他被带进永恒时空的帷幕之后。（即使他还是天真少年，也还是被明确告知一旦告别故乡，就永远无法再回去。不过这永别的真正原因，他过了很久以后才得以知晓。）

进入永恒时空之后，他便以"时空新手"的身份在学校里度过十年时光，然后毕业，开启了名为"观测师"的第三阶段。只有完成了这个阶段，他才能成为"专家"，也就是真正的永恒之人。这就是永恒之人生命中第四个，也是最后一个阶段。从普通人，到时空新手，到观测师，到时空专家。

他，哈伦，四个阶段一路走来都那么顺利。可以毫不谦虚地说，他非常成功。

他还清楚地记得那个时刻，新手阶段结束的时候，他们都成为了永恒时空内的独立个体。虽然还不算是专家级，但在那个时刻，他们都从法律上得到了"永恒之人"这个头衔。

他还记得那一刻。学业完毕，新手期结束，他与五个一起受训的伙伴并肩而立，双手背在身后，双腿微微分开，目视前方，认真倾听。

导师亚罗坐在一张桌子后面侃侃而谈。哈伦还清楚地记得他的模样：身材瘦小，情绪激昂，一头乱糟糟的红发，小臂上都是斑点，眼神里充满失落。（没什么奇怪的，随便哪个永恒之人的眼神中都经常流露出这个味道——对家和故乡的眷恋，对永不再见的故乡世纪的思念，虽然永远不会承认，也不能承认。）

当然了，哈伦已经没办法回忆起亚罗说的确切字句，但他表达的意思依然清晰如昨。

亚罗的大意是："你们现在要成为观测师了。这可是受人瞩目的职位。时空专家们会觉得这是毛头小子们的活儿。或许你们这些'永恒之人'（他故意在这个词后停顿了一下，好让这些小伙子挺直脊背，享受一下这个头衔带来的荣耀）可能也这么想。不过如果是真的，那你们就蠢到家了，就不配做观测师。

"如果没有观测师的工作，计算师就没东西可以计算，生命规划师就没有人生可规划，社会学家也没有社会可以剖析；所有时空专家都成了无源之水、无根之木。我知道你们早就听过这说法，但我希望这个意识要植入你们的大脑，根深蒂固。

"只有你们这些最年轻的小伙子们，才能走进一般时空，在最紧张严酷的环境中，带回现实材料，冰冷、客观的第一手材料，没有经过你们个人观点和喜好的修饰。它们精准无误，可以直接输入计算师的运算机器；它们清晰明了，足够支撑起社会研究方程；它们诚信可靠，足以作为社会变革的论据。

"你们还要记住。这段观测师生涯并不可以敷衍了事、尽快过关。决定你们未来命运的并不是学校成绩，而是你们作为观测师的表现。这段表现会决定你将来的专业，以及你的升迁上限。这是你们毕业后的必修课程，永恒之人，如果失败了，哪怕是最微乎其微的失败，都会把你们打入后勤组，不管你现在看起来多么潜力卓著。完毕。"

他和他们每个人都握了手。哈伦的神情坚毅而专注，为跻身永恒之人之列深感自豪，坚信自己身为永恒之人的最大使命就是为全人类的利益而奋斗，不管他们生活在过去还是将来，只要在永恒时空能触及的年代。他沉浸在自我敬畏的情绪之中。

哈伦最早接受的任务，基本都是小事，而且受到详尽的指导。不过通过在十几个世纪中经历了十几次现实变革，他磨砺了技能，增长了经验。

在做观测师的第五个年头，他被授予高级观测师头衔，并且被派往482世纪。这是他第一次在不受监督指导的情况下工作。意识到这点，在向主管本时空分区的计算师作汇报的时候，他的自信心不禁有些动摇。

助理计算师霍比·芬吉是个表情滑稽的人，总是噘着嘴皱着眉。他圆圆的鼻头又宽又扁，两颊更宽更扁，要是加上点腮红和白头发，简直就是古老童话里的圣尼古拉斯。（——要不然就叫圣诞老人或者奇斯·克林格。这三个名字哈伦都知道。）他觉得除了自己，想再从永恒之人里找到一个听过类似名字的人，恐怕十万人里都找不出一个。哈伦有个秘密的难以启齿的长处，就是通晓这些不靠谱的神话传说。从学生生涯的早期开始，他就沉迷于原始时代历史之中，亚罗导师则对此鼓励有加。哈伦对那些奇异的远古世纪产生了真正的兴趣，他求知的触角甚至超过了永恒时空初创的27世纪，上溯到发现时间力场的24世纪以前。他在学习中用过古书和古代杂志，在得到批准的前提下，他甚至还通过时空下移回到永恒时空初创的遥远世纪，搜集更好的资源。在超过十五年的时间里，他已经建起藏量可观的私人图书馆，基本都是白纸黑字的实物。他有成卷的H.G.威尔斯著作，还有一个叫莎士比亚的人的文集，还有一些残破的历史书，而最精彩的收藏是一套完整的古代新闻杂志合订本。这套杂志几乎塞满了他的库房，但出于感情考虑，他怎么也不舍得把它们压在缩微胶卷里。

有时候他会迷失在那些古老的世界里，在那旦人们生老病死，一切自然；在那里做出来的事覆水难收；在那里罪恶无法预防，幸福也无法规划，滑铁卢战役打输了，就真的作为败仗永留史册。有一首他很喜欢的诗说道，亲手写下的字句，永远也不可能被抹去。

这时候他的心绪总是很难回到永恒时空，甚至每次扭转都心头巨震。在永恒时空主宰的宇宙中，现实可以篡改，可以擦除，一些像他这样的人可以把现实抓在手中，像捏面团一样随意揉捏成更好的形状。

当霍比·芬吉开口说话时，圣诞老人的幻象就被他急促而冰冷的声音打碎了。"明天早上你就可以开工，做当前现实的常规摹写。我希望你干得漂亮一点，要详细，还要抓住重点。这里容不得半点偷懒。明天早上你就会拿到第一份时空观测任务书。明白了吗？"

"明白了，计算师。"哈伦说。从那一刻起，他就觉得自己跟助理计算师霍比·芬吉相处不好，心里颇为遗憾。

第二天一早，哈伦就从计算机阵列中拿到任务书，是打孔编码的格式。他不敢大意，赶紧用便携解码器把它翻译成标准共时语，工作最开始可容不得半点细小的差错。当然了，其实以他现在的水准，直接读取那些打孔编码也没问题。

表格里显示了在482世纪，哪些地方他可以去，哪些地方不可以去；哪些事他可以做，哪些不能做；还有哪些事是他不惜任何代价也要避免的。他的出现，只能发生在不会对当前现实造成危害的时间和地点。

对他来说，482世纪并不是舒适的年代。他的故乡世纪里，人们循规蹈矩、生活朴素；而按照他一贯的眼光来看，这个世纪毫无伦理或道义可言。这是一个被唯物主义和享乐主义主宰的年代，还有明显的女性至上风气。这是历史上唯一一个体外孕育盛行的时代（他不辞辛苦地查找资料，才得到这个结论），在体外孕风潮的巅峰期，40%的女性生孩子的时候，只需要向机器子宫提供一个受精卵即可。结婚和离婚只需双方同意，不需要任何法律认可，只有一份双方签署的没有任何约束力的协议。当然了，为了孕育下一代而结合的伴侣关系，与社会意义上的婚姻关系大相径庭，完全都是出于优生学的考虑。

20

从各方面来说，哈伦都觉得这种社会病态无比，所以早就想设计一次现实变革。他不止一次想到，作为不属于这个时代的外来存在，他的出现可能会引起历史走向的差异。只要他对历史走向的扰动恰如其分地出现在某个关键点上，一种完全不同的历史可能性就会成为现实。在这种新的现实里，千百万原本只知道寻欢作乐的女人会变成真正的贤妻良母。她们完全生活在那个现实里，对现在这个现实里她们的生活方式一无所知，无法想象，梦也梦不到。

很不幸，这种行为超出了那份时空观测任务书规定的行为界限，后果无法想象。即使没有惩罚约束，随意打破任务书的约束可能会在许多方面改变现实。情况可能更糟。只有经过仔细的分析和计算，才能找到启动现实变革的关键节点。

表面上，不管他个人好恶为何，哈伦还是一个观测师，一个理想的观测师就应当只是一组负责感知信号的神经元，作为一整套客观记录和汇报体系的组成部分而存在。在感知和汇报之间，不能掺杂任何个人情绪。

在这个方面，哈伦撰写的报告完美无缺。

在做完第二份周报之后，助理计算师芬吉召见了他。

"祝贺你，观测师，"他的声音里听不出任何温情，"你的报告很清晰，也很有条理。不过你的真实想法是什么？"

哈伦不想多说，面无表情，好像自己正在故乡95世纪的森林里砍柴，"这件事情上我没有任何个人想法。"

"别逗了。你来自于95世纪，谁都知道那意味着什么。这个世纪肯定让你觉得不舒服。"

哈伦耸耸肩："我报告里有哪一个字让您觉得我不舒服了？"

这样的回答非常无礼，芬吉钝圆的指甲尖嘀嘀嗒嗒地敲打着他面前的桌面，清楚地表现出这一点。芬吉说："回答我的问题。"

哈伦说："从社会学上说，本世纪的许多现象都非常极端。前三次现实变革强化了现有倾向。最后，我认为现状应当予以改变。极端现象从来都不是好事。"

"所以你费那么大力气检查本世纪的其他现实[①]？"

"作为一名观测师，我必须检查所有相关现实。"

这是故意把话说僵。哈伦当然有权利也有义务检查那些现实，芬吉肯定知道。每个世纪的现实都被许多次变革所改动，任何一种观测，不管多么费心费力，都不能管用太久，都要重新检查。在永恒时空里这是标准程序，每个世纪都要长期坚持观测。为了得到准确的观测结果，你不但要观测当前现实，也要了解到它和被变革之前的诸多现实之间的关系。

所以在哈伦看来，芬吉这种刺探他真实想法的行为不仅仅令人不愉快。芬吉好像怀着明显的敌意。

后来还有一次，芬吉对哈伦说（他闯进哈伦的小办公室专门为说这事）："你的报告给全时理事会留下了很好的印象。"

哈伦顿了一下，有些疑惑地含糊回答："谢谢。"

"所有人都说你表现出一种卓越不凡的洞察力。"

"我只是尽我所能。"

芬吉突然问道："你有没有见过高级计算师忒塞尔？"

[①] 一个世纪可能同时有无数种现实。永恒时空可以改变现实，也就是修正时空发展的主路径。但从前发生的那一种现实作为路径分支，也的确发生了，并且被记录在册。

"计算师忒塞尔？"哈伦睁大眼睛，"没有，先生。你问这个干什么？"

"他似乎对你的报告特别感兴趣。"芬吉圆圆的两颊郁闷地耷拉下来，然后他换了话题，"在我看来，你已经建立起一种独有的世界观，一种有历史感的观点。"

哈伦心中涌起一阵冲动。虚荣心最终战胜了谨慎。

"我学过原始时代历史，先生。"

"原始时代历史？在学校里？"

"不是的，计算师。我靠自学。这是我个人的一种——癖好。那是静止不变的历史，就像被冰封！那时的历史可以考据细节，而永恒时空诞生之后的世纪却总是变来变去。"想到这里他的情绪热烈了一点，"就好像我可以从连续播放的书籍胶片中选取静止的几幅，绞尽脑汁细细研究。这样我们就可以发现许多平时会忽视的细节，如果胶片按顺序播放，不能停止，我们就只能大致浏览。我想这件事对我的工作有所帮助。"

芬吉惊讶地盯着他，眼睛睁大了一点，但未置一词。

在那以后，有时候芬吉也会向他提到原始时代历史的话题，即使他明显不配合，芬吉那张胖脸上也没有出现任何明显的怒气。

哈伦不知道该后悔自己说错了话，还是相信芬吉这么做只是为了鞭策自己进步。

后来他终于发现是前者。那天他正在走过A走廊，芬吉突然以周围所有人都能听到的音量说道："时间之神啊！哈伦，你是不是这辈子从来没笑过？"

哈伦心头一震，突然意识到芬吉很仇视他。从那以后他对芬吉的看法也逐渐变成了憎恶。

在482世纪进行三个月的评值工作之后，能干的基本都干完了，当哈伦受到芬吉办公室的突然召唤时，他一点都不吃惊。他希望能换个任务。他的最终总结报告几天前就准备好了。482世纪迫切地想向其他一些森林过度砍伐的世纪（比如1174世纪）出口更多的纤维纺织品，却不愿意只换回一些熏鱼。这类问题在报告里列了一份井然有序的长单子，还有恰当的分析。

他还带了一份报告概要在身上。

不过见面的时候谁也没提到482世纪。芬吉反而把他引见给一个满脸皱纹的干巴小老头。那老头顶着几根稀疏的白发，看起来像个侏儒，会面过程中一直带着持久的笑容。这种神情介乎于极度的焦虑和喜悦之间，不过很是持久，始终没有消失。在他两只熏黄的手指之间，夹着一支点着的香烟。

这是哈伦这辈子第一次看到香烟，要不是这样，他也不会总盯着那支冒烟的小圆棍，几乎忘了那个夹着烟的男人，芬吉介绍的时候他也不会那么猝不及防。

芬吉说："高级计算师忒塞尔，这位就是观测师安德鲁·哈伦。"

哈伦吓了一跳，眼神赶紧从小老头手里的烟头转到他的脸上。

高级计算师忒塞尔声音尖利地说："你好吗？看来这就是那个很会写报告的小伙子了？"

哈伦一时语塞。拉班·忒塞尔是活着的传奇，在世的神话。拉班·忒塞尔的尊容，他本该第一眼就认出来。他是永恒时空中的王牌计算师，也就是说，他是还在世的永恒之人中最杰出的一个。他是全时理事会的主席。在永恒时空的历史中，他主持过的现实变革比任何人都多。他是——他曾经——

哈伦的脑子又跟不上了。他只会咧开嘴傻笑，一句话都说不出来。

忒塞尔把烟塞进嘴唇间，飞快地抽了一口，然后又拿开。"芬吉，出去一下。我想和这小子谈谈。"

芬吉站起身，嘟囔了两句，离开了。

忒塞尔说："看起来你有点紧张啊，小伙子。没什么好紧张的。"

不过跟忒塞尔本人见面本身就让人无比震惊。本来以为传说中那人必然是顶天立地的巨人，结果一见面发现他不到五尺半高，这让人一时有些缓不过来。那个秃了顶的光滑额头里，真的能塞进一个天才的大脑吗？那双埋藏在千百道皱纹里的小眼睛，放射出的是睿智的光芒？或者只是开心的笑意？

哈伦不知道该怎么想。那根香烟混淆了他能捕捉到的一点点信息。一团烟雾向他飘来，他明显地瑟缩了一下。

忒塞尔眯起眼睛，仿佛要努力穿过烟雾凝视着对面的小伙子，然后他操着口音浓重的100世纪前后的方言说："小佛（伙）子，用你们的家乡话刚（讲）是不是好点？"

哈伦一阵大笑，差点笑岔了气，然后小心地说："我的共时语讲得很好，先生。"他的共时语说得很标准。自从来到永恒时空第一个月起，他和身边所有永恒之人都说这种语言。

"废话，"忒塞尔大言不惭地说，"我的共时语也很完美。不过我的100世纪土话说得比完美还完美。"

哈伦想，忒塞尔这种半吊子方言，恐怕至少学了40年。

不过忒塞尔玩方言显然只是卖弄一下，他很快就转回共时语，没再乱换。他说："本来我该给你递支烟，不过我相信你肯定不抽。历史上绝大多数时间都不让抽烟。事实上，只有72世纪才出产最棒的烟草，我想抽的话也只能从那儿进口。我跟你说这个，就是怕你也染上烟瘾，那可就惨了。上星期我被困在123世纪整整两天，没烟抽。我是说，即使是在永恒时空的123世纪分区，我都不敢抽。那儿的永恒之人都像老夫子。要是我敢点上一支烟，他们大概就觉得天塌了。有时候我恨不得能做一次大规模现实变革，把人类历史上所有时代的禁烟教条都统统干掉，不过这种变革总会带来一点小小的副作用，比如让58世纪爆发很多战争，1000世纪的时候还会搞成奴隶社会。总有点这类的事。"

哈伦刚开始被他搞得有点迷糊，然后就有点担忧。这些喋喋不休的废话背后肯定有什么事。

他觉得喉咙有点发紧，还是问道："先生，我能请问您为什么接见我吗？"

"我喜欢你的报告啊，小伙子。"

哈伦的眼睛里稍微露出一点欣喜，不过他没敢笑。"谢谢您，先生。"

"报告很有艺术感。你有天生的直觉，感受力很强。我想我已经知道你在永恒时空中的合适职位，现在我就亲自过来宣布。"

哈伦想，真是难以置信。

他全力以赴压抑着自己的满心欢喜。"得到您的垂青真是无比荣耀，先生。"他说。

高级计算师忒塞尔抽完了他的烟，左手变戏法一样不知从哪儿又摸出一支，点上。吞吐烟雾之间，他说道："看在时间之神的份上，小伙子，说得好像背课文一样。什么叫无比荣耀，呸！胡扯，狗屁！好好说话，说你什么感受。很高兴，对吗？"

"是的，先生。"哈伦小心地回答。

"好吧，就该高兴嘛。你想不想做一个时空技师？"

"时空技师！"哈伦大叫一声，从椅子上跳起来。

"坐下，坐下，看起来你很吃惊嘛。"

"我从来没想过自己能成为时空技师，计算师忒塞尔。"

"正常，"忒塞尔不带感情地说，"这种事没人能自己想到。人人都预期自己成为这个成为那个，但就是想不到能做时空技师。时空技师从来都可遇而不可求，总是供不应求。每个时空分区的技师都不够用。"

"我不敢奢望自己能担此重任。"

"你是说如果工作有困难，就没胆量接受吧。时间之神啊，如果你已经决心为永恒时空奉献终身——这点我相信，你就不该这么想。做了技师，笨蛋们是会疏远你，你会感到自己被世界放逐隔离。不过你会渐渐习惯。而且你也会有自己的成就感，感到人们无比地需要你。包括我。"

"您也需要我，先生？是说您自己吗？"

"是的。"老头的笑容里露出一丝狡黠，"你将不只是一名普通时空技师。你会成为我的专属技师。你将有特殊的地位。这听起来怎么样？"

哈伦说："我不明白，先生。我能力不够啊。"

忒塞尔坚定地摇摇头。"我需要你。就是你。看了你的报告，我就坚信你身上有我需要的东西。"他曲起食指，用指节敲了敲自己的额头，"你在新手时期的表现记录就很好；对本时期的观测报告又写得非常出彩。最后，根据芬吉的报告，你是所有人里最适合的。"

哈伦真的吓了一跳。"芬吉计算师说我是最好的？"

"没想到吗？"

"我——不知道。"

"好了，小伙子，我可没说他说你好话。我说最适合。事实上，芬吉在报告里根本没说你的好话。他建议将你排除在任何与现实变革相关的工作之外。他说除了把你发配到后勤组之外，去哪儿都不安全。"

哈伦的脸"腾"的一下红了。"先生，他这么说有什么根据？"

"好像你有个癖好啊，小伙子。你对原始时代历史很感兴趣，对吗？"他伸出夹着烟的手指，做着手势。哈伦心中火冒三丈，忘了控制呼吸，结果吸进一口烟气，忍不住咳嗽起来。

忒塞尔慈爱地看着年轻观测师咳嗽完，问道："他说的是真的吗？"

哈伦开口说："芬吉计算师没有权力……"

"别急，别急。我跟你说了，就是因为他报告里的话，我才发现最需要的人是你。事实上，那份报告是秘密的，从现在起你也要忘掉我说的关于报告的事。永远忘掉，小伙子。"

"但喜欢原始时代历史有什么错吗？"

"芬吉认为，这种兴趣显示你有强烈的'一般时空归属感'。你明白这是什么意思，对吗，小伙子？"

哈伦明白。这是个精神病学专有名词，用在此处无可厚非，再贴切不过。永恒时空的每个成员都有一种强烈的内在愿望，希望能回到一般时空，并不一定是自己的故乡世纪，只要能找个世纪安身，不要再做永恒时空里的游魂。这种冲动一般来说都不会有任何外在表现，而且对于大多数永恒之人来说，这种冲动都隐藏在潜意识层面，不会有任何危害。

"我不认为自己有这个问题。"哈伦说。

"我也不认为。事实上，我认为你的兴趣非常有意思，而且有用。要我说的话，这就是我看中你的原因。我会带个新手给你，然后你要把你所有原始时代历史知识都教给他。同时，你也要做我的专属时空技师。过几天你就来上班。同意吗？"

同意？同意他在官方许可的情况下学习原始时代的一切？同意成为最伟大的永恒之人的私人助手？如果有这么好的条件，做个时空技师的境遇虽然不堪，也就可以忍受了。

不过即使如此，他依然维持一贯谨慎的态度。"如果是为了永恒时空的福祉，先生……"

"为了永恒时空的福祉？"矮小的计算师突然情绪激动起来，吼了一声。他把指间的烟头猛地弹出去，砸到对面墙上，火花四溅，"我用你，是为了永恒时空的存续。"

第三章 新手

在初次见到布林斯利·谢里丹·库珀之前，他已经在575世纪待了几个星期。他有充足的时间熟悉环境，适应了新的居所和玻璃及瓷质器皿的消毒方法。他也学会了以最低调的方式佩戴时空技师徽章，日常生活中也注意让徽章时常被墙壁或者身上戴的其他东西遮挡，以免搞得人际关系更差。

其他人对他的努力只以轻蔑的笑容回应，然后就冷若冰霜，好像他是一个异族的间谍，妄想乔装打扮骗取他们的友谊。

高级计算师忒塞尔每天都给他拿来一些题目。哈伦认真研读，撰写分析报告，打草稿，反复修改重写四次，然后把仍然不满意的最后一稿交上去。

忒塞尔检查之后总是点头称赞。"很好，很好。"然后他冰冷的蓝色眼睛就会朝哈伦瞥上一眼，接着微微收敛笑容说道，"我会把这些推测都输入计算机阵列。"

他总是把这些分析都称作"推测"。他从来不告诉哈伦计算机验算的结果，哈伦也不敢问。他只是有点沮丧，因为从来没有人说要把他计算的结果付诸实施。这是不是意味着，他的成果没有通过计算机阵列的检验，他选错了现实变革的切入点？他是不是不具备能在既定范围内看出最小必要变革的天赋呢？（直到他历经事故，成长为老鸟之后，才能张口就说M.N.C.。）

有一天忒塞尔带来一个羞怯的人，那人甚至不敢抬起眼睛接触哈伦的目光。

忒塞尔说："时空技师哈伦，这位就是时空新手B.S.库珀。"

哈伦下意识地打招呼，"你好。"他打量了一下这人的样子，没什么特别。这家伙身材较矮，黑发中分。他下巴很窄，瞳孔颜色有点淡淡的褐色，耳朵略有点大，指甲像是被自己啃过。

忒塞尔又说："这就是准备向你学习原始时代历史的那个小伙子。"

"伟大的时间之神啊，"哈伦突然来了兴致，"你好啊！"他忘了自己打过招呼。

忒塞尔说："按照你的时间安排，给他订个课程表，哈伦。如果一星期能挤出两个下午上课，我觉得就很好了。按照你的方法来教他。全拜托你了。你要是需要书籍胶卷，或者古代文本，跟我说，只要永恒时空里有的，或者永恒时空能抵达的任何一段一般时空里有的，我们都能搞到。怎么样，小伙子？"

他又凭空变出一支烟（像往常一样），空气中又开始弥漫着烟雾。哈伦咳嗽几声，从他的学徒新手的嘴型上看，如果这小子敢的话，肯定也会憋不住咳嗽起来。

忒塞尔离开后，哈伦说："好吧，坐下来。"——他迟疑了一下，又下定决心似的说，"孩子。坐下来，孩子。我的办公室不大，不过只要我们还在共事，它也就属于你。"

哈伦此时几乎被幸福淹没。这项目是他的了！原始时代的历史就要被他握在掌心。

新手抬起眼帘（这是他今天第一次尝试，真的），磕磕巴巴地说:"您是一位时空技师。"

哈伦心中幸福和温情的火苗马上熄灭了一大半。"那又怎样?"

"没什么。"新手回答,"我只是——"

"你刚才听到忒塞尔计算师称我为时空技师,是吗?"

"是的,先生。"

"你认为那是口误吗?太荒谬太残酷,你不肯相信是吗?"

"不是的,先生。"

"你说话声音怎么了?"哈伦恶狠狠地问。他口气凶恶,心里其实很愧疚,觉得自己不该欺负这孩子。

库珀脸涨得通红。"我的共时语说得不好。"

"为什么?你做新手多久了?"

"不到一年,先生。"

"一年?那你多大了?按照一般时空的算法。"

"物理年龄24岁,先生。"

哈伦瞪大眼睛。"你是想说,你在23岁的时候才被他们拉进永恒时空?"

"是的,先生。"

哈伦坐下来,搓着双手。从来没有过这样的事。一般来说进入永恒时空的年龄都在15或者16岁。今天这是什么意思?忒塞尔对他做的新型测试?

他说:"坐下,我们现在聊聊。告诉我你的全名,还有故乡时空在哪儿。"

新手结结巴巴地说:"布林斯利·谢里丹·库珀,来自78世纪,先生。"

哈伦心中泛起一阵暖意。他们两个故乡相距不远。库珀只比他早17个世纪，几乎可以算是他的时空邻居。

他问道："你对原始时代历史感兴趣吗？"

"忒塞尔计算师让我学的。我对它了解不多。"

"别的你还学过什么？"

"数学。时空工程。都只学了最基础的部分。在78世纪的老家，我是高速真空机修理工。"

追问高速真空机是什么毫无意义。它可能是吸尘器、计算器，或者一种喷枪什么的。无所谓。哈伦对它也没什么兴趣。

他只是问："你对历史了解多少？哪种历史都算。"

"我学过欧洲史。"

"我猜那是你老家的政治区划，对吗？"

"我就出生在欧洲。对，当然了，他们通常只教我们当代历史，54年革命之后的事。那是在7554年爆发的。"

"好吧。你要做的第一件事就是忘记它。它毫无意义。一般时空里普通人教的历史都不管用，一次次现实变革早就把它们篡改得面目全非。虽然那些人自己毫无知觉。在每个现实里，他们的历史都是唯一的。这跟原始时代历史完全不同。这也是原始时代历史的美感所在。不管我们中的谁做什么，它们都永远存在，永恒不变。哥伦布和华盛顿，墨索里尼和赫里福德，他们都永远存在。"

库珀微弱地笑了笑。他的尾指扫过上嘴唇，哈伦第一次注意到那里居然有点绒毛，好像这个新手在留胡子。

库珀说："我一直都有点不——不太习惯，自从来了这里以后。"

"对什么不习惯？"

"离我的故乡时空500个世纪远。"

"我也差不多。我来自于95世纪。"

"这是另一回事。你比我资深得多，虽然从另一个角度来说，我比你老17个世纪。我可能是你的曾曾曾曾曾曾曾……无数个曾祖父。"

"那又怎样？就算你是。"

"没怎样，就是要花时间适应。"新手的声音里有点抗拒的意思。

"我们每个人都一样。"哈伦冷酷无情地说，然后就开始讲起原始时代历史。三个小时过去了，他发现自己碰上个钉子，怎么也给库珀解释不清楚为什么公元1世纪之前还有世纪。

（"难道1世纪不应该是最初的世纪吗？"库珀哀怨地问道。）

哈伦最后没辙了，给了这位新手一本书，虽然不是什么好书，不过作为入门读物也够用了。"慢慢来，以后我会给你更好的书。"他说。

一周过去了，库珀的胡子已经长成一片黝黑浓密的络腮胡，让他看起来老了十岁，脸颊显得更瘦削了。哈伦觉得，他的胡子长到这种长度，大体上还好看了一点。

库珀说："那本书我看完了。"

"你觉得它怎么样？"

"从某种程度上说——"库珀停顿了好久才重新开口，"原始时代后期的某些特征跟78世纪有些相似。我看到后来开始想家了，你懂的。我还梦到我的妻子，两次。"

哈伦差点炸开："你妻子？"

"我来这儿之前已经结婚了。"

"伟大的时间之神啊！他们让你带妻子一起来了吗？"

库珀摇摇头："我甚至不知道在第二年的现实变革中，她的人生有没有受到改变。如果她受了影响，那么在她新的人生轨迹中，恐怕就不是我妻子了。"

哈伦恢复常态。可以想到，如果新人到了23岁才被带进永恒时空，那他非常有可能已经结了婚。一件史无前例的事，总会牵出另一件千古奇闻。

接下来还会发生什么？一条规矩被打破，用不了多久，所有事情都会被搞成一团乱麻。永恒时空赖以维系的平衡状态非常脆弱，容不得半点改动。

或许是出于对永恒时空利益受损的愤恨，他不自觉地说出一些更伤人的话："我想你应该不会计划着回到78世纪探查她的近况吧。"

新手抬起头，目光坚定。"不会。"

哈伦不安地挪动身子。"很好。你已经没有家了。一无所有。你现在是一名永恒之人，永远别再想起任何一个一般时空里的故人。"

库珀抿紧嘴唇，飞快地说出一句有些刺耳的话："您这话说的，真不愧是时空技师。"

哈伦攥紧双拳，抵住桌沿，声音嘶哑地说道："你什么意思？我是时空技师，所以那些变革都要怪罪到我头上？我有说那些变革都是对的吗？我有强迫你接受吗？行啊，孩子，你来这儿还不到一年，你还不会说共时语，你还对一般时空和过往的生活恋恋不舍，不过我看你似乎对时空技师很了解，还很知道怎么讽刺挖苦他们啊。"

"对不起，"库珀赶紧回答，"我没想冒犯您。"

"没，没有，谁能冒犯到时空技师呢？你只是鹦鹉学舌罢了，对吗？人人都说时空技师冷酷无情得不像人，是吗？他们还说'时空技师打个哈欠，一万亿人的命运就完全改变'，诸如此类。你觉得怎么样呢，库珀先生？说点这种话，让你觉得自己也老练了，让你觉得自己了不起了，觉得自己也是永恒时空里的大人物了？"

"我说了我很抱歉。"

"好吧。我只是想让你知道，我当上时空技师还不到一个月，我个人没有发起过一次现实变革。现在我们开始上课吧。"

第二天，高级计算师忒塞尔把安德鲁·哈伦叫到他的办公室来。

他说："小伙子，想不想来实施一次M.N.C.？"

时机真是太妙了。当天整个早上，哈伦都在为昨天的懦弱而后悔，恨自己居然撇清跟时空技师本职工作的关系。那种表现简直就像个孩子，只会喊叫：我没干坏事，别赖我。

那相当于承认时空技师的工作是错的，只是他自己资历太浅，还没来得及犯罪，所以不该被责怪。

他珍惜这次机会，从此后再无借口。简直是一次赎罪。他应该这样对库珀说：对，就是因为我的所作所为，千百万人有了新的人生，但这是必须的，我很骄傲由我来承担这个责任。

所以哈伦欢快地说："随时待命，先生。"

"好的，好的。小伙子，有个好消息，"他拍了口烟，烟头骤然明亮了一下，"你之前做的每项分析经过计算机检验，都高度精确。"

"非常感谢，先生。"（现在它们是分析了，哈伦想，不再是推测。）

"你很有天分。小伙子，了不起的直觉。我对你期望很高。我们可以从这一次开始，223世纪。你的论断是对的，只要堵死一辆车的离合器，就会将现实引向必要路径分叉，同时不会带来什么副作用。你愿意去堵它吗？"

"是的，先生。"

这就是哈伦时空技师生涯的第一步。他身上的玫红色徽章从此不再只是装饰品。他已经操控过现实。他在223世纪花了几分钟时间，做了一点机械上的小手脚，带来的结果是一个年轻人错过一节本该去上的机械工程课，然后他一生都没有进入太阳能发动机领域，然后一个简单而完美的小设备的发明时间就被推迟了整整十年。最终的结果非常奇妙，一场224世纪的战争从新的现实中消失了。

这样好吗？有些人的人生被改变了，这又怎样呢？新的人生和旧的人生都一样是人生啊，都有酸甜苦辣喜怒哀乐。有些人的寿命缩短了，但更多的人寿命延长了，而且过得更幸福。在新的现实中，一部堪称人类智慧与情感的丰碑的伟大文学著作再也没有问世，但在永恒时空的图书馆里，不是也保留了几个备份吗？还有另外一些精彩著作问世了，不是吗？

当晚哈伦好几个小时都翻来覆去睡不着，当最终疲惫不堪地昏睡过去时，他做了一件多年未曾做过的事。

他梦到了自己的母亲。

尽管初次上阵有些脆弱，但经过了一整个物理年之后，哈伦的大名已经传遍整个永恒时空。人们称他为"忒塞尔的技师"，或者略带酸意地叫他"神奇小子"或者"永不出错先生"。

他和库珀之间的关系也和谐多了。他们从来没有结下真正的友谊（如果库珀试图主动跟他交朋友，哈伦恐怕也不知道如何回应），不过他们合作效率很高，库珀对原始时代历史的兴趣也日渐浓厚，堪与哈伦相比。

有一天哈伦对库珀说："我说，库珀，你能不能改在明天上午过来？我这周要上行去3000世纪检查一项现实观测任务，我要找的那个人，只有今天下午有空。"

库珀眼睛里闪过渴望的光芒："为什么不让我一起去呢？"

"你想去？"

"当然。除了他们从78世纪带我过来那次，我还没坐过时空壶；那次坐的时候，我根本不知道怎么回事。"

哈伦一直都用C竖井里的时空壶。按照不成文的规矩，那座壶属于时空技师专用，专供他们在无穷无尽的世纪中来回穿梭。库珀被领到这里，脸上没有丝毫怯意。他毫不犹豫地迈步走进壶内，找了一个被圆形壶身几乎围拢的座位坐下来。

不过当哈伦启动力场，推动时空壶开始时空上移的时候，库珀的五官就因为惊讶扭成一团，看起来有点滑稽。

"我什么感觉都没有，"他说，"哪儿出了问题？"

"没有问题。你不会有任何感觉，因为我们本来就没有真的移动。我们只是在顺着这座时空壶的时间轴运动。事实上，"哈伦循循善诱地说，"在此刻，虽然我们两个人还能互相看到，但其实都不是物质实体。可能有一百个人在用这同一个时空壶，沿着不同的时间方向，以不同的速度运动——如果你要叫它运动的话——大家在时间轴上穿身而过，彼此互不影响。在壶内的时间轴上，普通的宇宙物理规律统统无效！"

库珀微微张开嘴巴，哈伦心里有点不踏实：这孩子正在学时空工程学，这个领域内的知识恐怕比我还多。我还是闭嘴为好，免得让他看我笑话。

他回归沉默，只是严肃地注视着库珀。小伙子的胡子已经疯长了好几个月，现在长髯飘飘，围在嘴巴周围。按照永恒之人的习惯，这副尊容被称为马兰松式，因为根据时空力场的缔造者马兰松教授信实可靠的唯一一张照片（保存得很差而且完全失焦）显示，那位先贤大师就留着这样一脸大胡子。因此，这种造型在永恒之人中颇为流行，不过那些东施效颦的后辈们很少能模仿得像。

库珀的眼睛盯在不断滚动的数字上，它们标示出一个个被穿越的世纪。他问道："这座时空壶最远能上移到多远的未来？"

"他们没教过你吗？"

"他们极少跟我提时空壶的事。"

哈伦耸耸肩："永恒时空没有尽头。上移也没有止境。"

"您最远上移到过哪里？"

"这回就是我上移最远的地方了。忒塞尔先生去过五万多世纪。"

"时间之神啊！"

"那也不算什么。有些永恒之人去过15万世纪之后。"

"那里有什么？"

"好像什么都没有，"哈伦愁眉苦脸地说，"生命还有很多种，不过没有人类了。人类不见了。"

"都死了？被消灭干净了？"

"我想这个问题谁都没有答案。"

"我们有办法改变这个结局吗？"

"嗯，从7万世纪以后……"哈伦刚起话头，突然就又掐住，"噢，都是天命。我们换个话题吧。"

如果说在永恒之人中也流传着什么迷信的话，那么就是所谓"隐藏世纪"，即7万世纪至15万世纪中间的那段时间。这个话题几乎没人会提。哈伦全靠与忒塞尔之间的特殊个人关系，手里弄到一点关于那段历史时期的零星知识。在那几千个世纪里，永恒之人无法穿出永恒时空，进入一般时空。

连接永恒时空与一般时空的大门紧紧闭着。为什么？没人知道。

根据忒塞尔透露的一些不经意的表述，哈伦猜测有人试过用现实变革的手段，影响7万世纪以后的历史，但7万世纪之后无法观测，所以也不知道结果如何。

忒塞尔有一天曾笑着说："总有一天我们会过去的。再说了，7万个世纪够我们忙活了。"

听起来不是很有说服力。

"15万世纪之后，永恒时空变成什么样了？"库珀问道。

哈伦叹了口气。转换话题的努力显然没成功。"没什么。"他说，"时空分区还有，但7万世纪之后的分区里就没有永恒之人进驻了。时空分区一直延续到几百万世纪之后，直到生命全部消亡，太阳变成新星，它依然存在。永恒时空没有尽头。所以它才得名'永恒'。"

"那时候，太阳真的会变成新星？"

"它肯定会。要不是有它，永恒时空也不会存在。新星爆发的能量正是我们的能量之源。听着，你知道建立时空力场要耗费多少能量吗？当年马兰松建造的第一个力场，只在无穷久远的过去和无穷遥远的未来之间打开了一个不到两秒钟的小口，空间之小最多只能挤下一个火柴头，但是其耗费的能量，则是一座核电站一整天的发电量。为了建造一个头发丝那么细的力场，上移直抵太阳新星，接通辐射能量，就耗费了整整一百年的时间；然后，才有可能建造足以容纳一个人体积的力场。"

库珀叹了口气。"我希望他们能早点让我抓住重点，让我停下那些时空方程和力场工程课，给我讲讲这些有意思的东西。如果我现在生活在马兰松的年代……"

"那你大概什么都学不到。他生在24世纪，不过永恒时空直到27世纪才建造起来。发明力场跟建造永恒时空是两码事，你瞧，24世纪的其他所有人都完全不明白，马兰松的发明到底意味着什么。"

"他超越了他的时代，对吗？"

"简直太超前了。他不只是发明了时空力场，而且还描述了它基本的发展方向，建立了永恒时空的理论基础，预测出它未来的各种要素，除了现实变革之外。他的预测已经非常接近……不过我想现在我们已经到了。库珀，你先走。"

他们走出时空壶。

哈伦以前从来没见过高级计算师武塞尔发火。人们都说他早已超然物外，忘记了自己的故乡世纪是哪里，已经变成永恒时空里没有灵魂的固定零件。人们都说早在许多年之前，他的人类之心已经萎缩坏死，现在支配他身体行动的只是一台便携式计算机，每天被他装在裤兜里走来走去。

忒塞尔对这些流言蜚语都从不辩驳。实际上很多人都觉得他自己也相信这些话。

所以当忒塞尔的怒火如狂风暴雨一般袭来的时候，哈伦脑子里还有空啧啧称奇，原来忒塞尔也会生气。他还琢磨忒塞尔事后冷静下来会不会羞愧难当——便携计算机心脏平时表现上佳，冷静克制，遇上事了还是原形毕露，跟可怜的血肉之躯一样，抵挡不住情绪的冲击。

忒塞尔嗓音苍老嘶哑地说："时间之神啊！孩子，你是全时理事会成员吗？在这儿你是老大吗？到底是我指挥你还是你指挥我？我们的时空穿梭旅行，现在都归你管了吗？"

每问上几句，他就吼一声"回答我"之类的，不过没等回答，就又抛出一堆更加火上浇油的凶猛问题。

最后他说："这种妄自越权的事，只要你再敢做一次，我就让你下半辈子都去修水管。听懂了吗？"

哈伦脸色苍白，羞愧不堪地说："没人事先跟我说过，新手库珀不能进时空壶。"

这些解释完全没能缓解老人的火气。"这种双重否定句能当借口吗，小子？没人事先跟你说，别把他灌醉；没人跟你说，别给他剃光头；也没人跟你说，别把他切成肉串烤了。时间之神啊，小子，别人跟你说过什么，让你怎么对他？"

"让我教他原始时代历史。"

"那就教啊。不要做多余的事。"忒塞尔把烟头丢到地上，用鞋底狠狠踩了几脚，好像那是一生宿敌的脸。

"计算师，我想解释一下，"哈伦说，"在当前现实中，很多世纪在某些方面都跟原始时期的某个侧面有相似之处。我的本意是通过精准的时空定位和航行技术，将他带到那些历史时期作亲身观测，当然了，这要使用时空力场航行。"

"什么？听着，你个笨蛋，你都没想过事先请求我的许可吗？这次就到此为止。从今以后专心教他原始时代历史，永远不要再进时空力场，也不要接触任何实验。如果不管你，接下来恐怕你就要给他演示现实变革，还要教他怎么操作了。"

哈伦用干燥的舌头舔着同样干燥的嘴唇，口服心不服地咕哝着，终于听完了训斥，可以离开了。

不过心理的创伤，他花了好几个星期才慢慢抚平。

第四章 计算师

做了两年时空技师之后，哈伦才第一次回到482世纪。自从被忒塞尔带走之后，一别两年，他已经认不出那个地方了。

那里一切如旧，是他变了。

两年的技师生涯意味着发生了很多事。在某种意义上，他的心理状态稳定多了。他不用再随着一次次新的观测项目进入不同历史时期，学习新的语言，习惯新的衣着样式，试着理解当地人千姿百态的生活。从另一个角度来说，他身上一些原有的东西在萎缩消亡。比如永恒时空内其他所有时空专家之间牢固的同胞之谊，现在他几乎忘光了。

最重要的是，他身上已经培养出时空技师应有的权威感。几百万人的命运都掌握在一个人的手心，如果他必须因此孤独前行，那他也有资格以孤独为傲。

所以他走进482世纪的入口，冷冷地注视着坐在入口办公桌后面的通讯员，言简意赅地说："安德鲁·哈伦，时空技师，482世纪临时指派任务，向计算师芬吉报到。"他完全无视对面中间的男人投来飞速的一瞥。

这就是所谓的"对技师的一瞥"，一种下意识的斜眼一瞥，先瞄一眼技师的玫红色肩章，然后再刻意地扭过头，再也不看第二眼。

哈伦也看着对方的肩章。那不是计算师的黄色，不是生命规划师的绿色，也不是社会学家的蓝色或者观测师的白色。它不是任何一种时空专家工种的纯色肩章，而是白底上缀着一条蓝杠。这个人只是个通讯员，后勤组里的二级工种，还不到专家的级别。

这种层次的人也会"对技师的一瞥"。

哈伦略感悲伤地问："好了吗？"

通讯员马上回答："我正在呼叫计算师芬吉，长官。"

在哈伦的记忆中，482世纪是个厚重坚固的年代，不过现在看起来有些污浊。

哈伦已经习惯了575世纪一尘不染的玻璃和瓷器，习惯了那个时代的洁癖风格。他习惯了面对一个洁白明净的世界，习惯了点缀其中的柔和淡彩线条。

482世纪的一切仿佛都抹着厚重的膏泥，到处呈现出斑斑点点的色泽，街区里到处可见涂料刷抹的金属物件，一切都让人生厌。

芬吉看起来都不一样了，好像缩小了一圈。两年前，在观测师哈伦的眼里，芬吉的一举一动都显得心怀不轨而强势逼人。

现在，从时空技师崇高与独特的地位来看，对面这人就显得可怜而落魄。哈伦看着他展开箔片，迅速翻阅一阵，然后赶紧抬起头来，露出一副"不敢让客人等太久"的表情。

芬吉来自于以能量为基础的600世纪。这是武塞尔告诉他的，还说这可以解释很多事。芬吉那种会突然爆发的坏脾气就很容易理解：一个从前习惯了稳定力场环境的胖子，感觉周围全是易碎品，当然会不高兴。芬吉总是踮着脚尖走路（哈伦清楚地记得芬吉那种蹑手蹑脚的猫步；那时候他经常坐在自己办公桌前抬起头，突然发现芬吉站在对面盯着他，什么时候过来的完全没听见），那也不是要潜入或者窥探哪里，而是出于担忧——要么是情不自禁，要么就是下意识的，芬吉总是担心脚下的地板会撑不住自己的体重，突然碎裂。①

哈伦居高临下地想：这个人真的一点都不适合这个分区的工作。唯一能挽救他的，只有调动。

芬吉说："你好啊，时空技师哈伦。"

"你好，计算师。"哈伦说。

芬吉说："在您走后这两年里……"

"两个物理年。"哈伦说。

芬吉惊讶地抬头，"当然，两个物理年。"

在永恒时空中，并没有像外部宇宙里那种一般概念上的时间流逝，不过其中的人们依旧会变老。就算很多物理现象并不会出现，但他们依然无法阻止身体的变化。从身体的物理状态上来说，一年过去了，不管身处永恒时空还是一般时空，你都老了一岁。

不过即使是最死板的永恒之人也不会时时记得这些分别。人们都习惯了张口就说"明天见"，或者"我昨天想你了"，又或者"下周我来找你"，就好像这里真的有"明天""昨天"以及"下周"，而不是着眼于人们的物理时钟而言。为了照顾人类的本能习惯，永恒时空内人们的生活安排，也被硬性规定成二十四小时制，有着严谨的白天黑夜，以及昨天明天的概念。

芬吉说："在您离开的两个物理年里，一场危机在482世纪逐渐显露。非常特别，又非常微妙，几乎是前所未有的。我们现在

---

① 所谓能量导向世纪，物质只有质量之分，没有材质之分，没有软硬、轻薄还是坚固与否的区别。

需要精确的现实观测，精度超出从前所有要求。”

“所以你希望我来做这次观测任务？”

“是的。我知道，请求一名时空技师做低级的观测任务，是浪费他的天赋，不过您上次执行的观测任务非常完美，清晰准确，富有洞察力。我们需要您再做一次。现在我给您简单介绍几个细节……”

这些细节到底是什么，看来今天哈伦是搞不清了。芬吉刚开口，门就开了，哈伦再也没听进去一个字。

他凝视着进来的人。

哈伦也不是从来没在永恒时空里见过姑娘。不至于从来没有，虽然极少，毕竟是见过的。

但从来没有见过这样一个姑娘！在永恒时空里！

在穿越一般时空的无数次旅途中，哈伦见过很多女人，不过一般时空的女人对他而言，只是工作目标，是某种物体，就像石头砖块、花草虫鱼。她们只是被观测的客观事物。

在永恒时空里，姑娘就是另一回事了。特别是这么棒的姑娘！

她穿着482世纪上流社会款式的衣服，上半身完全透明而且没几块布，下半身穿着轻薄的五分裤。裤子是不透明的，却勾勒出诱人的臀部曲线。

她有一头乌黑亮丽的齐肩长发，噘起的嘴唇鲜红欲滴，上唇纤薄而下唇饱满。她的上眼睑和耳垂涂了玫瑰色的彩粉，她年轻的脸庞（几乎像少女一样）雪白无暇，动人心魄。宝石挂坠从颈肩垂下，一会儿叮叮当当地甩到侧面，一会儿又垂在轮廓优美、惹人注目的乳房上。

她在芬吉办公室墙角的一张桌子后面坐下来，抬起眼帘扫了一眼，漆黑瞳孔里透出的目光飞速掠过哈伦的脸庞。

当哈伦回过神来，又听到芬吉的声音时，计算师已经说到尾声。"明天一早您就可以得到一份书面正式报告，包括上述所有内容。那时候您曾经用过的办公室和休息间也会腾出来。"

哈伦不知道自己是怎么走出芬吉办公室的。大概是用脚走出去的吧。

一团乱麻的心中唯一比较清楚的情绪是愤怒。时间之神啊！芬吉不应该得到授权安排这次任务的。太不道德了，好像在嘲弄……

他停住脚步，放松拳头，放松紧咬的牙关，放松！他大步走向门口那个通讯员桌前，脚步声在自己耳朵里分外急促。

通讯员抬起头，没敢接触他的目光，谨慎地开口："长官。"

哈伦说："计算师芬吉办公室里有个女人，她是新来的？"

他本想问得谨慎一些。他本想装作无关痛痒地随口一问，结果还是极大地引起了对方的兴趣。

不过通讯员倒是来了劲。他眼里目光闪动，是那种每个男人都心有戚戚的神采。这下甚至拉近了他俩的关系，感觉好像哥们儿一样。通讯员说："你说那个宝贝儿？喔！真是长了一副傲人的身材啊，对吗？"

哈伦稍有点结巴地说："回答我的问题。"

通讯员看着他，飞扬的情绪冷却下来。"她是新人。她是一般时空住民。"

"她干什么工作？"

一丝浅笑爬上通讯员的嘴角，他瞥了一眼说："她应该是老板的秘书。她名叫诺依·兰本特。"

"行了。"哈伦转身离去。

第二天哈伦就开始了482世纪的第一次观测之旅，不过全程只有30分钟。显然那只是一次适应性任务，让他熟悉环境，进入状态。第二天他的观测就进行了一个半小时，第三天却干脆没去。

他把那天用来撰写第一份报告，复习相关知识，捡回本时代的语言，重新适应当时当地的生活习惯。

482世纪发生过一次现实变革，但规模非常小。一个从前得势的政治派阀在变革后失势了，除此之外似乎一切如旧。

几乎是下意识地，他又习惯性地打开从前自己撰写的旧报告，检索关于贵族的资料。他肯定做过这类观测。

他的确做过，但非常客观，不带任何感情。他只把贵族当作一个阶层来研究，没有涉及个人。

当然了，时空观测计划书撰写并不需要也不允许他打入贵族阶层内部，抵近观测。至于这些规定因何而来，以观测师的职位无权知晓。现在他心里开始好奇，不过旋即又对自己的好奇心有些厌烦。

这三天里他瞥见过那个叫诺侬的女孩四次。那天初见时分，他只注意到她的服饰。现在他注意到她有一米七高，比自己低半头，身材苗条挺拔，姿态优雅，让人过目不忘。看起来她的年龄比初见的印象更大一些，可能近三十岁，至少肯定超过二十五。

她文静而冷淡，有一次在走廊上和他擦肩而过，她对他微微一笑，然后就低下眼帘。哈伦侧过身子，避免和她身体接触，错过身之后心里又不免生闷气。

第三天结束的时候，哈伦开始感到身为永恒之人，他只有一条路可走。显然她对自己的职位很满意；显然芬吉也要受到法律约束。既然芬吉在这事上有所轻率和疏忽，显然与法律的精神相抵触，所以一定要有人制止他。

哈伦想到，不管怎样，永恒时空里他讨厌的人只能是芬吉。前几天他刚刚想到一些借口，缓解了自己对他的厌恶之情，现在都不算数了。

第四天一早，哈伦提出要和芬吉单独见面，得到允许。他步伐坚定地走进去，单刀直入得让自己都有些吃惊。"计算师芬吉，我建议兰本特小姐应该返回一般时空。"

芬吉眯起眼睛。他向一把椅子努努嘴，然后把手放在圆滚滚、肉乎乎的面颊底下，咧开嘴说："好吧，先坐下。坐下。你发现兰本特小姐不称职？能力不足？"

"计算师，对于她的工作能力和称职与否，我无法评判。那要看分派给她什么工作，而我从来没有给她分派过任务。不过你必须意识到，她的存在对本分区的道德风气有不良影响。"

芬吉注视着他，目光疏远，仿佛他计算师的深谋远虑可以看到普通永恒之人无法企及的地方。"她有什么损害道德风气的地方呢，时空技师？"

"这个你心里清楚吧，"哈伦心中的怒火更盛了，"她的衣着过于裸露。她的……"

"等等，等等。先稍等一下，哈伦。你也在这个时代做过观测师。你知道她的衣着是482时代的典型样式。"

"在她的生活环境里、在她自己的文化氛围中这么穿，我无话可说，尽管我认为即使以482世纪的风俗来看，她也是最暴露的。我有权作此评判。这里是永恒时空，一个像她这样的人完全不合时宜。"

芬吉缓缓点头。他肯定以为自己有招。哈伦身体僵硬。

芬吉说:"她在此工作,我们有过精心的考量。她在本职工作中发挥的作用必不可少。只不过是短期任务,你试着忍耐一段时间就可以了。"

哈伦气得发抖。他已经开口,却被人糊弄。去他妈的谨慎,有什么他就说什么。他说:"我能想象女人有什么'必不可少'的作用。公开包养肯定得不到批准。"

他僵硬地转身,走向门口。芬吉的声音让他停住脚步。

"技师,"芬吉说,"你是跟忒塞尔关系不一般,这也让你太扭曲膨胀了。醒醒吧!然后跟我老实说,技师,你以前有过——"他迟疑了一下,似乎在斟酌用词,"'女朋友'吗?"

哈伦没有回头,但以极其仔细而精准的用词,咄咄逼人地引用规章原文:"为了避免与一般时空住民的情感纠葛影响工作,永恒之人不可以结婚。为了避免家庭纠葛影响工作,永恒之人不得生育。"

计算师严肃地回答:"我并没有说婚姻或者孩子的事。"

哈伦继续引经据典:"与一般时空住民的暂时交欢,必须经由全时理事会下属中央测绘委员会的批准,包含在与该一般时空住民相关的正式生命规划行动中。此后的交欢行为,必须按照具体时空测量的确切要求进行。"

"非常正确。你曾经申请过暂时交欢吗,技师?"

"没有,计算师。"

"你想吗?"

"不想,计算师。"

"或许你该试试。那会给你一个新的视角看世界,你就不会再对某个女人的衣着那么关注，也不会因为她与其他永恒之人之间可能具有的关系那么烦恼。"

哈伦狂怒得说不出话来，只得离去。

他发现自己几乎不可能担负482世纪的日常观测任务了（虽然几乎每天都要去，但每次最长也不超过两小时）。

他心烦意乱，也知道为什么。芬吉！芬吉，还有他对提出让自己与一般时空住民交往时的下流态度。

交欢关系的确存在，每个人都知道。永恒时空一直都很在意如何缓解永恒之人的人类原始欲望（哈伦觉得这个词天生就带着淫邪属性），不过筛选性伴侣的严格程序保证了这种关系绝不是自由自主的轻松行为，而是官方给予的奖励。那些有幸得到这种偷欢机会的幸运儿，也会对此格外慎重，要矜持有礼，顾及大多数人的感受。

在低阶层的永恒之人中，特别是后勤组中，总是盛传着很多流言蜚语，关于那些因正式理由进入永恒时空工作的一般时空女性的种种闲话（一半出于期冀，一半出于嫉恨）。那些传言的矛头都指向计算师和生命规划师们，说女人都被他们玩了。他们，也只有他们才能指出，从一般时空住民里挑出哪个女人进入永恒时空，才不会引发明显的现实变迁。

还有一些不太耸人听闻的传言（所以传的人也没那么多），说永恒时空各分区里临时雇佣的一般时空住民（只要精确时空测量结果允许）还要担负很多杂役差事，比如煮饭、打扫和重劳力之类的。

不过如果这样一个一般时空住民被挑进来做"秘书"，只能有一个意思：芬吉正在公然挑战和侮辱完美永恒之人的道德准则。

尽管永恒时空里那些实用主义者们都对这个准则敷衍了事，但准则就是准则，一个完美的永恒之人就应该为自己的事业奋斗终身，为了创造更美好的现实，为了大多数人类的幸福生活奋斗终身。哈伦就愿意把永恒时空当作原始时代的修道院。

他梦到有一天他跟忒塞尔说起这个理想，而忒塞尔这位完美的化身，会跟他敞开心灵，分享自己的恐惧。他还梦到那个堕落的芬吉被剥夺衔级。他梦到自己戴上计算师的黄色肩章，为482世纪安排新的社会制度，把芬吉赶进后勤组。忒塞尔坐在他身边，脸上满是敬仰的笑容；而他自己则草拟一份新的社会组织图表，整齐有序，坚实可靠，然后让诺依·兰本特分发下去。

不过诺依·兰本特是裸体的，然后哈伦惊醒了，瑟瑟发抖，羞愧万分。

有一天，他又在走廊里遇到那姑娘，他又侧身站到一边，移开视线，让她先过。

不过这次她站在原地没动，看着他，直到他视线转回来与她相遇。她就是那样的活色生香，哈伦闻到她身上飘来淡淡的香气。

她说："您是时空技师哈伦，对吗？"

他想厉声呵斥，然后愤然离去，但最终他还是告诉自己，这一切都不是她的错。再说了，要是想强行通过，说不定还会碰到她的身体。

所以他简单地点点头，"对。"

"听说您是对我们时代非常精通的专家。"

"我亲身去过。"

"希望哪一天我们可以聊聊这件事。"

"我很忙，我没时间。"

"但是哈伦先生，早晚您都能抽出一点时间的。"

她对他微笑。

哈伦绝望地低语："请你赶快过去好吗？要不然你先让一让，让我先过去好吗？麻烦你！"

她慢慢扭胯转臀，他一脸窘相，血往上涌。

他很恼火，她怎么能让他这么难堪，他为什么会这么难堪，虽然说不太清楚原因，但罪魁祸首肯定是芬吉。

芬吉在两周结束的时候召唤了他。计算师的办公桌上摆着一张打孔的箔片，单从它的长度和打孔的繁复程度来看，哈伦就知道它绝不仅仅是一趟半小时的一般时空观测任务那么简单。

芬吉说："哈伦，你现在能坐下好好看看这个吗？别，别直接读，用机器看。"

哈伦抬起淡漠的眼帘，把箔片小心地插进芬吉办公桌上的扫描仪夹缝里。它被缓缓吸进扫描仪内部，随之而来的是打孔数据被转化成文字，出现在扫描仪连接的乳白色矩形显示器上。

看到一半，哈伦猛地挥手，拔掉扫描仪电源。他用力地扯出箔片，结果把它扯烂了。

芬吉平静地说："我还有备份。"

不过哈伦还是用拇指和食指尖掐着箔片的残骸，仿佛它会爆炸一样。"计算师芬吉，肯定弄错了。我绝对不能住在那个女人家里，做将近一星期的一般时空驻留任务。"

计算师撇起嘴："为什么不能？如果这是精准时空测量的要求

呢？如果你和兰本特小姐有什么私人纠葛……"

"根本没有私人纠葛。"哈伦激动地插话。

"肯定有点问题吧，多多少少。既然这样，就这次观测任务，我要向你做一些必要的解释。但一定要记住，下不为例。"

哈伦坐着没有动。他的脑子在飞速转动。通常情况下，出于职业性的骄傲，哈伦应该拒绝任何解释。作为一名观测师或者时空技师，面临这种问题，应该二话不说接受任务。一般来说，计算师也不需要向他作出任何解释。

但这次有点不一样。哈伦曾经表达过对那姑娘的不满，那个所谓的秘书。芬吉害怕他的不满持续升级。（"无人追究，就无人有罪"，哈伦想到这句俗语，虽然记不起来是从哪儿看来的。）

所以，芬吉采取了这样的对策。把哈伦安排到那女人家里住，这样的话就说不清了。如果哪天哈伦敢揭发他，他就反咬一口。哈伦从此会失去证人的客观立场。

所以，他要找点借口，告诉哈伦为什么把任务派到那儿去。现在借口就要来了。哈伦带着几乎毫不掩饰的蔑视准备听他的话。

芬吉说："你知道，很多世纪的人都知道永恒时空的存在。他们知道我们主持着跨时空贸易。他们以为那就是我们的主要功能，这样的误解很好。他们也隐约觉得，我们还肩负着阻止大灾难、保护全人类生存的任务。这种认识不能不说是迷信，但多少也有正确的地方，对我们来说也不错。对很多时代来说，我们的形象是圣父一般的存在，给他们安全感。这些你都明白吧？"

哈伦想：这家伙以为我是新手吗？

不过他只是点点头。

芬吉继续说:"还有一些事,是他们绝对不能知道的。其中最重要的,就是我们会在必要时变革现实这件事。他们如果知晓此事,会带来很多危害。所以任何有可能让他们接触到类似信息的因素,都必须从现实中抹除;这事我们一直干得很稳妥。

"不过,总是还有一些其他关于永恒时空的不良信仰在流传,千万年来时时出现,挥之不去。一般来说,最危险的那些信仰总是集中在每个时代的统治阶层;这个阶层跟我们打交道总是最多,而且同时也操纵着当时的舆论。"

芬吉停顿了一下,好像在期待哈伦能给一点评论,或者提几个问题。哈伦什么都没干。

芬吉继续说:"自从一年前,一物理年前,进行的433—486世纪F-2号变革以来,当前现实演进方向中,就有了类似的不良信仰出现的可能。我已经对这种信仰的本质作出归纳,并上报全时理事会。理事会不太愿意接受我的推论,因为它们建立在一种备选推算模式的基础上,出现的可能性极低。

"所以他们坚持在按照我的推论行事之前,先要做一次抵近观测确认。这是一项最复杂精密的观测任务,所以我提出要你来做,所以计算师忒塞尔才会允许你重做观测工作。另一方面,我同时选定一名当前的贵族成员,她非常渴望在永恒时空内工作。我把她放进这间办公室,近距离密切观测,看她是否适合我们的要求……"

哈伦想:近距离密切观测!肯定有事!

他的怒火再一次集中在芬吉身上,暂时放过那女人。

芬吉还在说:"从各方面来说,她都适合。我们会把她送回她的一般时空年代里。以她家为基地,你可以研究她生活圈内的社会生活习俗。现在你能理解我把这姑娘放在这里，并且让你住进她家的原因了吗？"

哈伦几乎是赤裸裸地讽刺说："我非常理解你，放一百个心吧。"

"那你就接受任务吧。"

哈伦起身离去，胸中战意高炽，怒火中烧。他不会被芬吉的阴谋诡计打败。他绝对不会被人当傻子玩。

他决心应战，打败芬吉，这让他一想到前往482世纪的任务就有些迫不及待，甚至兴奋起来。

肯定不能是出于别的原因。

第五章 一般时空住民

诺依·兰本特的住处堪称偏僻，不过离本世纪最大城市之一的距离并不算太远。哈伦对那座城市很了解，比任何一个当地居民都了解。在当年本时代的拓荒观测任务中，他曾访遍了这座城市的每一个角落，审视过它在本时空分区管辖范围内的时代变迁。

他从时间和空间上都了解这座城市。他既可以掰开了分析细节，还可以统筹整合看整体；他目睹了它的建设和成长、劫难和重建、荣耀与危机。现在他得到了一星期时间，深入一般时空，蛰伏在这座城市，适应钢筋水泥丛林中的缓慢生活。

不只如此，本次观测从起步就越来越集中在所谓的"珀里俄基人"①，那些城市中地位最重要的人身上。他们住在城市外围，有各自的住宅，相对独立。

482世纪是贫富差距相对悬殊的世纪之一。社会学家对这种现象有一个方程（哈伦见过打印版，但理解程度也就是马马虎虎）。它可以把任何一个已知世纪的人类社会分解成三种关系，在482世纪，这三种关系的紧张程度都达到了方程允许的极限。社会学家们对此大摇其头，哈伦曾听其中一位说过，任何可能会导

①Perioeci 这里是引用古语，珀里俄基人原指古希腊斯巴达城邦的无政治权利但享受个人自由并受法律保护的一个阶级。

58

致情况进一步恶化的现实变革都要慎之又慎，需要事先进行"最近距离观测"。

据说本时代的社会关系是财富分配方程中最差的一种情况。这就说明了社会上存在一个有闲阶层，他们会追求极致精美的生活方式、文化和艺术的极大发展。只要位于方程另一端的社会底层不至于饿死，只要有闲阶层在享受特权的时候不至于完全忘记自己的社会责任，只要他们的文化倾向不至于腐朽透顶，永恒时空总是会原谅这个社会对财富分配方程和谐模式的大幅偏离，仅仅做一点微调了事。

虽然不合他的心意，哈伦开始理解这些。通常情况下他在一般时空里过夜，都会选择住在贫民区的旅馆，那里可以方便地隐姓埋名，陌生人自由出没无人关注，一个外人的出现相当于空气，所以对现实的扰动会降低到非常轻微的程度。如果即使这样也有危险，最轻微的扰动也会超过临界点，给易碎的现实带来明显改变，那他只好睡在乡间的树篱底下，这种时候也不少。他常常徘徊乡间，寻找一处合适的树篱，尽可能在夜里不受农民、流浪汉甚至是流浪狗的打扰。

不过现在哈伦可是一步登天了，躺在奢华的床上，身下是力场填充的床罩——一种物质与能量完美结合的材质，只有本地社会最有钱的阶层能享受得起。纵观一般时空历史，它比纯物质少见一些，但比纯能量更常见。无论何时他只要躺下，床罩就会自动适应他的身体轮廓；如果他躺平不动，床罩就是硬质支撑，如果他翻身或者挪动，床罩就会随他动作自动变形。

他觉得很舒服，但旋即又因为自己贪恋享受而悔恨；每个时空分区都把其物质生活水平设定在所处世纪的平均水平上，而不是最高水平，他很赞赏这种安排。这样的话，永恒之人就可以接触到本世纪的问题，亲身"感受"本世纪的生活，而不是对社会中某个极端阶层偏重过甚。

哈伦想，睡在贵族家的头一晚看来还挺容易。

在睡着之前，他又想到诺依。

他梦到自己在全时理事会，双手严谨地合拢在面前。他正在俯视一个渺小的、非常渺小的芬吉；那个芬吉正在恐惧地倾听着对他的宣判，判他被逐出永恒时空，永久性发配到一个极其遥远的未来的未知世纪做观测。那些宣判流放的严厉字句正出自哈伦之口，而他右侧就坐着诺依·兰本特。

他开始没注意到她，但后来他的眼神不住往右侧偏，说话也变得结巴起来。

难道没有别人能看见她吗？理事会的其他成员都坚定地目视前方，除了忒塞尔。他转过来向哈伦微笑，目光穿透姑娘的身体，好像她不存在一样。

哈伦想让她走开，但他开口却发不出声音。他想敲打姑娘，但抬起胳膊动作却慢得像蜗牛，她也没动。她身体冰冷。

芬吉开始大笑，声音越来越大——越来越大——

——是诺依·兰本特在笑。

哈伦睁开眼，透过明亮的阳光，满怀恐惧地看着对面的姑娘，过了好一阵才记起来身在何方。

她说："你在说梦话，还砸枕头。你做噩梦了吗？"

哈伦没回答。

她说："洗澡水放好了。你的衣服也准备好了。我已经安排好了，今晚你就参加我们的聚会。在永恒时空里过了那么久以后，再回到自己原来的日常生活，感觉真奇怪呢。"

她说得那么轻松随意，搞得他心里烦乱不堪。他说："我希望你没跟他们说我是谁。"

"当然不会。"

当然不会！芬吉肯定照顾好这些小事了，只要他觉得有这个必要，肯定会把她搞到麻醉状态做点精神控制的小手脚。不过他也可能觉得没这个必要。不管怎样，他肯定对她"近距离观测"过了。

这念头让他怒火中烧。他说："我希望自己尽可能有时间独处。"

她犹豫地看了他一阵，离开了。

哈伦洗漱完毕，脸色阴沉地穿好衣服。他并不期待会有个愉快的晚会。他会尽可能地少说话，尽量不动弹，最好被当作墙壁柱子的一部分。他的真实功能在于用眼睛看，用耳朵听，然后把这些感官印象综合加工，得出报告。除此之外，别无其他，这就是完美的抵近观测。

通常情况下，作为观测师，虽然并不知道具体要观测什么，但他不会为此困扰。从新手时期开始，他就一直被教导作为观测师，绝对不能带着观点去看世界，不能期待看到某种东西，或者心里先有预期的结果。不管他试图做到多么公正，但一旦有了类似的预期，就不可避免地影响自己的观点。

但在现在这种环境下，一无所知还是让人恼火。哈伦心中非常强烈地怀疑，是不是根本就无可观测，他被派到这里完全出于芬吉的阴谋。鉴于此还有诺依……

他目瞪口呆地看着面前两英尺处自己的三维投影。他身上穿着的482世纪风格的紧身衣服，光洁无缝，色彩明艳，看起来像个傻子。

他刚一个人吃完机器侍者送来的早餐，诺侬·兰本特跑了过来。

她跑得几乎喘不上气来。"现在是六月啦，哈伦技师。"

他厉声回答："不要在这里称呼我的头衔。六月怎么了？"

"我加入——"她含糊地停顿了一下，"——加入那里的时候可是二月，我才走了一个月啊。"

哈伦皱眉。"现在是哪一年？"

"噢，年份还对。"

"你确定吗？"

"我肯定。有什么问题吗？"她有个恼人的习惯，就是说话时总跟他贴得太近，她轻微的口齿不清（这倒不是她的个人习惯，而是时代风格）听起来像是个年幼而无助的孩子。哈伦不会被这种幻想骗倒。他后退了两步。

"没有问题。你被放到这个时间点，是因为这是最合适的节点。实际上，在一般时空里，你一直都在这里的。"

"但怎么会啊？"她听起来更害怕了，"我自己什么都不知道。有两个我吗？"

哈伦很恼火，这叫他怎么解释得清楚？他怎么给她解释，她身上发生的这点事只叫作微量变革，对一般时空的任何干涉都会引起，虽然会改变个人生活轨迹，但不会对整个世纪产生明显影响。即使永恒之人有时候也会忘记微量变革（缩写为小写的"c"）和变革（大写"C"）之间的区别，后者是会明显影响现实的。

62

他说："一切尽在永恒时空的掌握。不要问了。"他骄傲地说，好像他自己是个高级计算师，亲自把他们进入一般时空的节点定在六月，而且敢于确定这三个月时空跳跃带来的微量变革不会演变成变革。

她说："但我的生命中就少了三个月啊。"

他叹了口气，"你在一般时空中的跳跃，不会影响你的物理年龄。"

"好吧，我失去了，还是没有？"

"失去什么？"

"失去三个月啊。"

"时间之神啊，姑娘，我用尽可能最浅显的话跟你讲。你绝对没有失去生命中的哪怕一分钟。你什么都没有失去。"

她被他的吼声震退了几步，然后突然吃吃笑了起来。她说："你的口音真好玩。尤其是发火的时候。"

他皱着眉看她退后。什么口音？跟本分区的同僚相比，这种400至500世纪间的语言他说得丝毫不差。甚至可以说更好。

愚蠢的小姑娘！

他发现自己回到了那个反射投影前，镜中人回望着他，眉毛皱成一团。

他放松眉头，心想，我一点都不帅。眼睛太小，耳朵太尖，脸太大。

他以前从来没考虑过这个问题，不过现在这个念头突然涌上心头，要是能英俊点就好了。

深夜，哈伦给自己搜集到的谈话资料加上注释，趁脑海中一切仍记忆犹新的时候。

像往常一样，在这种场合中他用了55世纪生产的分子录音机。从外形上看，它就是个长度四英寸、直径半英寸的毫无特色的细圆柱体。从颜色上看，它呈现出一种昏暗的深褐色。它很容易藏在袖子里、口袋里或者衣服衬里中，全看你穿什么衣服，也可以挂在腰带上、纽扣或者手环上。

不管把它藏在哪儿，它都可以在三个分子能量层上记录语言，每一层能容纳两千万单词。圆柱的一头连在翻译器上，然后直连哈伦的耳机，另一头通过力场连在他唇边的话筒上，哈伦可以同时边听边说。

现在那场"聚会"的所有声音，都在他的耳边重放；他一边听，一边说，把自己的声音记录在第二条音轨上，与正在放送的聚会录音主音轨保持同步，但互不干扰。在第二音轨上，他描述了自己的感受，讲述事件意义，指出事物相互之间的关系。最后，他还用分子录音机撰写报告。他最后要上交的不是单纯的原始录音，而是带注释的加工版。

诺依·兰本特走了进来。她无声无息，没有敲门或者以其他方式提醒。

哈伦恼火地摘下唇边话筒和耳机，把它们和录音机一起放在工具箱里，扣上锁扣。

"你为什么一见我就来气呢？"诺依问道。她露着胳膊和肩膀，修长的美腿散发出冷冷的光芒。

他说："我没生气。我对你没有任何感觉。"此时此刻他觉得这句话完全是真心的。

她说："你还在工作？肯定是的，你肯定很累了。"

"你在这儿，我就没法工作。"他暴躁地说。

"你还是在生我的气。你整晚都没跟我说一句话。"

"我尽可能不跟任何人说话。我来这里也不是为了演讲。"他等她自动离开。

不过她说："我给你又带了点东西喝。聚会上你喝了一杯似乎很享受，明显没喝够。你今晚还要加班，就更该多喝一点了。"

他注意到她身后的小机器人侍者，沿着顺滑的力场轨道飘走了。

他当晚吃得很克制，仅从各种餐盘里拣出一点点来吃。这些食物在他当年的观测报告里都出现过，但他向来都很自律，很少真的去吃（为了研究而尝一点点不算）。虽然与他的信念不符，但那些东西真的很好吃。另一件挑战他信念的东西是一种淡绿色的泡沫薄荷香味饮料（不含多少酒精），本时代很流行。在两个物理年之前，也就是在最近一次现实变革之前，这种饮料还不曾存在于世上。

他从机器人侍者手上接过第二杯饮料，向诺依点头致谢。

为什么一次没有物理效应的现实变革会催生一种新饮料呢？好吧，他不是计算师，所以也没有必要问自己这个问题。再说了，即使是最精细的推算也无法消除所有不确定的因素和随机的可能。如果真能算无遗漏，观测师就失业了。

屋子里只有他们两个，诺依和他自己。在过去的二十年中，机器人侍者的流行程度达到顶峰；在当前现实中，这种流行还将持续将近十年，所以这里没有人类做仆人。

当然了，因为女性在经济上的独立地位等同于男性，而且只要自己愿意，不需自然孕育就能要孩子，所以他们孤男寡女半夜独处，以482世纪的眼光看也没什么不妥。

所以哈伦心里好受了一点。

姑娘坐在他对面的沙发上，舒展手肘。沙发在她的压力下沉陷下去，仿佛要把她整个身体包裹起来。她踢掉脚上的透明鞋子，脚趾尖在冷光裤管的映衬下一曲一伸，像是一只慵懒的猫咪舒展脚爪。

她甩甩头。本来她的长发从耳际被某种头饰盘住，高高耸起，这下子那个东西被甩脱，头发一下子松开，倾泻下来。在乌黑油亮的头发映衬下，她的脖颈和裸露的肩膀显得更加白皙可爱。

她喃喃地说："你多大了？"

他肯定不能回答。这是个人隐私，跟她又没关系。此时他应该礼貌而坚定地说：我能回去工作吗？不过他听见自己的声音在回答："三十二岁。"当然了，他说的是物理年龄。

她说："我比你小哦。我二十七岁。不过我想我不会一直看起来都比你小。等我变成了老女人，你还会是今天的样子。为什么你要选择三十二岁的样子呢？你能随意改变年龄吗？难道你不想再年轻点？"

"你在说什么啊？"哈伦揉揉脑门，让自己清醒些。

她柔声说："你长生不老啊。你是永恒之人。"

这是一个问句还是陈述句呢？

他说："你疯了吗？我们也会变老和死去，跟所有人一样。"

"你跟我讲讲嘛。"她声音低沉甜美。400至500世纪间的通用语言，他向来觉得刺耳难听，由她说来居然悦耳动听。难道是美食和香味迷乱了他的耳朵？

她说："你能亲眼目睹所有的时代，亲身造访所有的地方。

我就特别想在永恒时空里工作。我等了好久好久才得到他们的允许。我还想象他们或许能让我加入永恒之人呢，后来我才发现永恒之人都是男人。有些人甚至因为我是个女的就不跟我说话。你就不理我。"

"我们很忙。"哈伦嘟囔着说，努力让自己的反应看起来不那么呆，"我尤其忙。"

"但为什么就没有女性永恒之人呢？"

哈伦不知道怎么回答。他能说什么呢？永恒之人选拔的标准主要有两条：第一，必须能胜任本职工作；第二，他们从一般时空中抽离，不会对当前现实产生有害影响。

当前现实！这个词他无论如何都不能提起。他感到脑海中晕眩的感觉越来越强烈，只好闭上眼睛等了一会儿，希望晕眩过去。

有多少杰出的人才他们不敢碰，只能留在一般时空，因为一旦这些人被抽离进永恒时空，那就意味着很多婴儿不会出生，很多男女不会死去，很多婚姻不会出现，很多事情不会发生，很多情境不会出现，意味着当前现实会被极大扭曲，行进到完全不同的路径上。而这是全时理事会断然不会同意的。

他能告诉她这些吗？当然不能。难道他能告诉她，之所以女人不能成为永恒之人，是因为出于某种他不能理解的原因（计算师们可能知道，但他肯定不懂），从一般时空中抽离女人对现实进程产生的扰动，是抽离男人的十到一百倍。

（这些念头一股脑涌进他的脑海，彼此旋转纠缠，杂乱无章，产生了一种奇异而毫不舒适的感觉。诺依离他更近了，在微笑。）

他听到她的声音在耳边飘过。"噢，你们这些永恒之人啊。

你们是如此神秘，却从来不肯分享。让我也做永恒之人吧。"

她的声音现在已经不再组合成字句，而像是催眠的咒语，直入他的脑海。

他想，他很想要告诉她：永恒时空里可没什么好玩的，女士。我们都在工作。我们要描绘出千万年来每时每刻的细致画卷，从永恒时空的诞生到人类的消亡；我们要探索无穷无尽的现实可能性，从中找到最好的一个，然后再决定如何确定一般时空中某个确切的节点，做出精准的微调，那么我们就有了一个新的好的现在，然后再面向未来，重新计算和寻找那美妙的可能性，循环往复，永不停息；这就是自从维科·马兰松于24世纪发明时间力场之后，我们做的一切。就是在那个原始时代的24世纪的伟大发明，才有了27世纪永恒时空的诞生，神秘的马兰松，当年寂寂无名，却发明了永恒时空，看到了无数种新的现实可能，生生不息，永无止境……

他晃了晃脑袋，但那些盘旋呼啸的念头依然在脑海中挥之不去，它们不断地破碎、跳跃，终于灵光一闪，它们好像组合成一个新的东西，然后一闪而过。

这让他安定了一些。他试图抓住那个新生的念头，却失败了。

都是因为那杯薄荷饮料？

诺依还在身边，她的面容清晰无比。他能触到掠过自己面颊的她的发丝，能感受到她呼出的温热气息。他该后撤几步，但——奇怪，真奇怪——他发现自己不舍得退开。

"如果我能成为永恒之人……"她在他耳边低语，声音却被他擂鼓一般的心跳声掩盖，几乎听不清楚。她湿润的嘴唇微微分开："你难道不愿意吗？"

他不知道她什么意思，不过突然间他就豁出去了。他好像烈火焚身。他笨拙地伸出手臂摸索。她没有反抗，反而跟他拥抱在一起，靠在他怀里。

一切发生得都那么梦幻，好像在看别人的事。

完全不像他曾经想象的那样恶心。他非常惊讶，仿佛生活开启了一扇新的大门，半点也不会恶心。

即使在事后，当她倚在他身上，目光温柔面带微笑，他发现自己必须要伸出手，满怀喜悦地温柔地抚摸她的头发。

现在在他眼中，她已经完全不同。她不只是一个女人，或者说根本不是一个具体的人。她突然就变成了他的一部分。她，以一种奇怪而毫无预料的方式，成为了他的一部分。

时空观测计划书上没有提到会发生这种事，不过哈伦也毫无悔意。一想到芬吉还会让他胸中升起强烈的情绪，但那绝不是后悔，完全不是。

是满足，是胜利的欢欣。

躺在床上的哈伦无法入睡。起初的头晕目眩早已过去，不过还是有一点很奇怪的感觉，这是他成年之后头一次跟一个成年女人睡在同一张床上。

他能听到自己轻柔的呼吸，在天花板和墙壁内嵌灯光发出的极暗淡的光芒中，他能看到身边姑娘模糊的轮廓。

他好想伸出手触摸她温暖而柔软的胴体，但却不敢，生怕惊醒她的美梦。好像她在为他们两个人做梦，梦到她和他之间发生的一切；一旦美梦惊醒，他和她之间的一切就会灰飞烟灭，不复存在。

这种念头很荒谬，不过只是许许多多荒谬念头中的一个。

这些念头此刻正飘过他恍惚懵懂的脑海。他想抓回它们，却总是失败。他突然意识到，找回那些溜走的念头是非常重要的。虽然他已经记不清楚细节，但当时有那么一瞬间，他似乎明白了什么。

他还不敢说它们意味着什么，但此刻他半睡半醒，脑海中却有什么地方格外清明，好像突然打开了天眼，洞悉世情。

他心中的焦虑开始增长。他怎么就记不清了呢？那些东西确实曾经在他脑海中飘过啊。

一时间，连身边熟睡的姑娘都暂时被丢进意识的角落。

他想：如果我顺着当时的思路再来一遍……我想到现实和永恒时空……对，还有马兰松和那个新手！

他停住思绪。为什么会想到那个新手？为什么是库珀？他以前从来没想到过库珀。

但如果以前没有的话，这次为什么心中会浮现出布林斯利·谢里丹·库珀的身影？

他皱起眉头。这一切有什么内在关联呢？他想要从中发现什么？为什么他会觉得其中必有隐情？

哈伦心中感到一阵寒意，这些问题就像远方地平线上浮现出的一丝微茫的曙光，他几乎已经找到答案。

他屏住呼吸，不去压制念头的生长。就让它自己长出来。

让它长出来吧。

在这个宁静的夜晚，这个本来已经在他生命中留下鲜明烙印的夜晚，许多事情的解释和缘由又袭上他的心头，这让他感到了生命中前所未有的兴奋。

他让这念头在心中发芽生长、开花结果，直到它强大到可以揭示无数个以往看来不可思议的谜团背后的秘密。

回到永恒时空以后，他会继续跟踪调查，不过在他心中已经有了答案。他已经了解了一个本不该他知晓的惊人秘密。

一个笼罩整个永恒时空的巨大秘密！

第六章 生命规划师

　　在482世纪那个洞悉许多事情的夜晚之后，一个物理月已经过去了。如果以一般时空的时间轴计算，现在的他应该位于诺依·兰本特的未来将近2000个世纪左右的时间，正以半贿赂半哄骗的方式，试图审视她在变革后现实中的遭遇。

　　这不只是缺乏职业道德那么简单，不过他已经不管了。在过去的这一个物理月当中，以他自己的眼光衡量，他已经成了罪犯。说什么都无法改变这一事实。犯一次罪也是犯，多犯几次也是犯，况且这次他能得到明确的好处。

　　现在，作为无可饶恕的罪行的一部分（他也懒得用更美好的词汇来粉饰罪行），他站在2456世纪的入口障壁前。进入一般时空，比跨越永恒时空和时空壶竖井之间的障壁复杂得多。为了进入一般时空，在地球表面找到合适的切入坐标就是个麻烦事，再从一般时空时间轴上找到确切的切入时间节点也相当头疼。不过尽管心中紧张万分，哈伦还是又快又准地找到切入点，这充分显示了他的丰富经验和过人天赋。

　　哈伦发现自己进入了那间引擎室，就是他第一次在永恒时空内监视屏上看到的那间。在这个物理时刻，社会学家伏伊应该正安全地坐在监视屏前，欣赏着"时空技师之手"的表演。

哈伦从容不迫。在接下来的156分钟内，这间屋子都不会有人进来。为了保险起见，时空任务安排表上给他规定的时间是110分钟，剩下46分钟是所谓的"备用时间"。"备用时间"是为了以防万一，但时空技师一般不可能用到。如果谁居然会耗费"备用时间"做事，那他的专家级头衔就危险了。

不过在这110分钟里，哈伦只需要不到两分钟。依靠手腕上的力场发生器，他身边围拢着一圈物理时间力场（可以说，算是永恒时空探伸过来的余威），所以他可以不受任何现实变革的影响。他向墙边迈出一步，从一个货架上拿起作为目标的小容器，把它放在货架底部一个经过精心挑选的位置上。

完事之后，他又重新返回永恒时空，这个动作对他而言轻车熟路，就像推开一扇门走进去那样。如果现场有个一般时空住民目睹了这个过程，在他眼中，哈伦就是凭空消失了。

那个小容器会一直待在他放置的地方。它不会对世界历史进程立即产生影响。几个小时后，会有人过来拿它，却没找到。又过了半小时，它才会被人搜出来，但一处力场会因此取消，某个人会失去耐心。在变革后的现实中，一个原来迟疑不决的决定会在怒火中作出。一次会议因此没有得以召开；一个本来该死的男人又多活了一年；另一个本该幸存的人，却死得早了一些。

涟漪会继续扩大，在2481世纪的时候达到顶峰，那是这次调整的25个世纪之后了。然后这项现实变革的影响会渐渐消失。理论家指出，现实变革的影响不会无限期地延伸下去，到达一定时间节点之后，它会变得逐渐趋于忽略不计，即使最精细的推算也无法找到。

当然了，一般时空里的任何住民都不会意识到这次变革的发生。客观事物发生变化，人的意识也会随之而变，只有永恒之人才能置身事外，看着变革发生。

社会学家伏伊盯着2481世纪的蓝色图像，原本里面是一座繁忙的太空港。哈伦进来的时候他几乎没有抬头。他只是嘴里咕哝了两声，大约是欢迎的意思。

变革彻底摧毁了那座太空港。它亮丽光鲜的面貌已经不复存在；高高耸立的建筑失去了宏伟的气势，太空船锈迹斑斑。一个人都没有，到处都一片死寂。

哈伦脸上露出一丝微笑，不过一闪即逝。这就是M.D.R.——最大可能反应。它瞬间就完成了。变革不一定会在时空技师下手操作的一瞬间完成。如果调整之前的计算选点做得比较粗糙，或许要过上几个小时或者几天才能看到效果（当然是以物理时间计算）。只有现实演进的各种自由度都消失之后，变革才会发生。哪怕只有一点点数学上的不确定因素，变革都不会发生。

哈伦亲自计算出M.N.C.的可能，又亲手操作变革，令他骄傲的是，自由度马上消失了，变革即刻发生。

伏伊轻声说道："那里原来是多么漂亮啊。"

这句话给哈伦当头泼下一盆冷水，好像在贬损他杰出的表现。"我不觉得遗憾，"他说，"也就是把太空旅行剔除出这段历史而已。"

"不遗憾？"

"有什么好的？任何太空旅行技术都最多持续一两千年。人们早晚会厌倦，然后回到家乡，太空殖民地都会废弃。再过上四五千年，或者四五万年，人们又重新出发，然后重新放弃。它只是对人类智慧和劳动的浪费。"

伏伊干巴巴地说："您真是一位哲学家。"

哈伦激动起来。他想：跟这帮人有什么好说的。他气恼地开口，突然转换了话题："生命规划师那边怎么样了？"

"什么怎么样？"

"你不想跟他联系一下吗？这么久了，他应该也有点进展了吧。"

社会学家脸上露出一丝不悦的神情，好像在说：你也太没耐心了吧。不过他还是说："跟我来，我们过去看看。"

办公室的名牌上写着"尼禄·费鲁科"，这一下吸引了哈伦的目光和注意力，因为这名字很像两位原始时代的地中海地区的统治者。（每周他给库珀讲授课程的同时也极大强化了他自己对古代史的记忆。）

不过房间里那人的模样，可不像哈伦记忆中任何一个古代统治者。他像死尸一样干瘪苍白，脸上的皮肤紧缩在高耸的鼻梁上。他的手指很修长，指节凸出。他手里按着小型加法计算器的模样，简直就像正在称量灵魂重量的死神。

哈伦急不可耐地望着计算器。它简直就是生命规划师的心脏和鲜血，皮肤和骨骼，筋膜、肌肉以及一切。只要把一个人过往的历史数据输入其中，加上现实变革方程式，它就会吱吱呀呀开始工作，然后过上一段时间，可能是一分钟，也可能是一天，它就会吐出那个人可能（在新的现实中）经历的各种生命轨迹，每种轨迹都会附上几率数值。

社会学家伏伊向他介绍了哈伦。费鲁科带着几乎毫不掩饰的厌恶情绪看了看哈伦的技师徽章，随便点点头，就算打过招呼。

哈伦说："那位年轻姑娘的生命规划做完了吗？"

"还没有。做完了我会告诉你。"他对时空技师的厌恶之情溢于言表，而且丝毫不准备掩饰。

伏伊说："放松点，生命规划师。"

费鲁科的眉毛淡到几乎消失不见，这让他的脸看起来更像骷髅了。他开口说话时，眼球在眼眶里转动，好像骷髅的空眼眶里凭空长出了眼睛。"太空船被抹掉了吗？"

伏伊说："消失了一个世纪。"

哈伦环抱双臂，盯着生命规划师；目光交锋中，对手败下阵来，转过脸去。

哈伦想：他知道这事他也有份。

费鲁科对伏伊说："听着，既然你在这儿，我就问问你，关于抗癌血清的事，我应该放在一般时空的哪个节点处理？那么多世纪，抗癌药也不是只我们一家有。为什么申请报告都堆到我们这里？"

"你知道的，所有类似世纪都收到了很多申请。"

"那就别让他们发那么多申请。"

"你说该怎么办？"

"简单。让全时理事会别收任何申请就好了。"

"我对全时理事会没有任何影响力。"

"你对老头子有影响力啊。"

哈伦无精打采地听着他们的对话，其实并不感兴趣，可至少它可以让他焦躁的心情暂时离开那台嘎嘎作响的计算器。他知道，他们所说的"老头子"，应该就是主管这个分区的计算师。

“我跟老头子说过，”社会学家说，“他说会跟全时理事会提的。”

“胡说八道。他只会提交一份例行录音报告。他得亲自过去，据理力争。这是原则问题。”

“这段时间全时理事会没空调整这些原则问题。你知道那些传言怎么说的。”

“哦，是啊。他们正忙着干大事。他们一想耍滑头就说要忙着干大事。”

（如果哈伦有心情关心他们的话题，听到这里肯定会露出笑容。）

费鲁科沉思了一会儿，然后继续发飙。“大多数人都不明白这个道理，抗癌血清跟树木籽苗或者力场引擎都不一样。我知道可能会给现实带来灾难的每个历史路径分支都要监视，但是抗癌药总会彻底改变一个人的人生，然后事态就复杂了一百倍。

“想想吧！在那些没有抗癌药的世纪的每一年里，有多少人会死于癌症。再想想，那些癌症病人有哪个是甘心等死的。所以每个一般时空政府永远都在向永恒时空打申请报告，说什么‘求求你们了，求你们送来七万五千支抗癌血清吧，为了救治我们这个时代文化的杰出代表们，这是他们的简历材料’。”

伏伊飞快地点头。“我知道，我知道。”

不过费鲁科的愤怒没有缓解的意思。“然后你们就会审查那些材料，里头每个人看上去都是英雄。失去哪个人，对整个时代都会造成无可挽回的损失。所以你们就得好好弄。你们会检查计算结果，看看如果名单上的人都活下来，会对现实造成什么影响；而且时间之神开眼，你们还会推算任何一种组合方式的人复活，会有什么影响。

"在上个月，我处理了572份抗癌药申请。其中有17个人的人生如果改变，还不至于对他的世界造成不良影响。我提醒你，没有一个改变可以对现实带来有益影响，但全时理事会就说只要不好不坏，就可以实施。人道主义，你懂的。所以有17个不同世纪的人在这个月得到了治疗。

"然后怎么样呢？这些时代变得更幸福了吗？至少你的生活没什么改善。某个人的确得到治疗，而同一个时代同一个国家的其他十几个人却没有得到。每个人都说，为什么是他？或许那些我们没照顾到的人品行更高尚，或许他是人人爱戴的慈善家，而我们救活的那个人或许回家就会打孩子，一有空闲就虐待自己的老娘。他们不知道现实变革的事，我们也不能告诉他们。

"或许我们在自找麻烦，伏伊，除非全时理事会把所有申请束之高阁，只救助那些会带来有益现实变革的人。只能这么办。要不然就出于人道主义全救了，要不然就一个都别救。千万不能说：'好吧，帮个忙也无妨……'"

社会学家一直侧耳倾听，脸上带着微微的痛苦表情，现在他说道："如果你是个癌症患者……"

"说什么蠢话，伏伊。有这么假设的吗？如果世界上不存在现实变革，有些可怜虫就注定一辈子倒霉没救，是吗？如果你就是那个可怜虫，怎么办？

"还有一件事。别忘了我们每做一次现实变革，日后沿着它的路径再找到有益的变革点就更难一分。现实变革造成随机负面影响的几率逐年增加，这就意味着我们的抗癌药能够对症治疗的患者会随之减少。这样发展下去，血清适用范围逐年缩小，最后即使算上那些不好不坏的变革影响，到了某个年份，我们一年也只能治一个人。千万别忘了。"

哈伦现在对这个话题彻底失去了兴趣。这是工作中的典型牢骚。心理学家和社会学家对永恒时空内部研究虽然不多，但对此也稍有涉猎，称其为心理认同。永恒之人会对自己管辖范围内的世纪产生认同，会为其利益代言呼喊。各个世纪之间的纷争，也会成为永恒之人间的纷争。

永恒时空组织总是为了破除这种狭隘认同而竭尽全力。任何永恒之人都不会被安排到距离自己故乡两世纪之内工作，以防他们轻易建立起这种认同。一般来说，他们都被尽量安排到文化习惯与故乡截然不同的世纪（哈伦不由得想起被安排到482世纪的芬吉）。而且，只要他们的工作表现引起上级疑心，马上就会被调走。（要让哈伦安排的话，费鲁科这种人就该每年调动一次，每次间隔50个世纪。）

这种认同，应该源于对一般时空家庭生活的愚蠢向往（所谓时空思乡病，每个人都知道）。出于某种原因，时空旅行盛行的世纪更能吸引永恒之人的认同。这种现象非常值得调查，也应该加以调查，但永恒时空这个组织在审视内部问题的时候，总有长期养成的惰性。

如果是一个月以前的哈伦见到费鲁科，肯定把他当作无可救药的软蛋、暴躁的变态，目睹了电子反重力技术在新的现实里衰亡后心痛无比，然后把一肚子怨气都撒在其他世纪里申请抗癌血清的人身上。

那时的哈伦可能会检举揭发他。那是永恒之人应尽的职责。这个人的工作表现显然表明他已经不能担当重任。

但现在的哈伦不会这么做。他甚至有点同情这个男人。他自己犯下的罪行远比这人深重。

他的思绪情不自禁地回到诺依身上。

那晚他终于还是睡着了，直到第二天天色大亮才醒过来。明亮的阳光穿过半透明的墙壁洒进来，他仿佛置身于云端，漂浮在多雾的清晨天空中。

诺依正在俯身对他微笑。"老天爷啊，真是难叫醒你。"

哈伦第一个条件反射动作是去扯根本不存在的被子。然后昨晚的记忆袭上心头，他不知所措地看着她，满脸通红。他怎么还会有这种反应？

不过他马上又想起了一些别的事情，迅速坐直身子。"还没过一点吗？时间之神啊！"

"才十一点。早餐已经准备好了，时间还早着呢。"

"谢谢。"他咕哝道。

"淋浴间和你的换洗衣服都准备好了。"

他还能说什么？"谢谢。"他依旧咕哝。

吃饭的时候他不敢接触她的目光。她就坐在他对面，并没有吃东西，一手托腮，一头浓密的黑发泼洒在一侧，眼睫毛长得异乎寻常。

她注视着他的每一个动作，而他则只敢往下看，总觉得心里该有苦涩的负罪感，却遍寻不着。

她说："一点你要做什么呀？"

"飞行球比赛。"他低声念叨，"我有票。"

"是决赛呢。我跳失了这几个月，错过了整个赛季，你知道的啦。谁会赢呢，安德鲁？"

听到对方直呼自己名字，他有一种奇妙的无力感。他只是摇摇头，努力让自己看起来冷峻严肃一些。（以前他很容易就可以做到。）

"但你肯定知道啊。整个时代你都看过，不是吗？"

照理说，他现在只需要继续保持淡漠冷酷的态度，做出否定的表示就好，不过他又软弱地解释说："我有很多时空分区要观测。我从来不关注球赛比分之类的小事。"

"噢，你就是不愿意跟我讲啦。"

哈伦未置一词。他把叉子戳进一个多汁的小巧水果，然后拿起来，整个放进嘴里。

过了一会儿诺侬说："你来这里之前，曾经看过这座房子里发生的事吗？"

"没看过细节，诺——诺侬。"（他强迫自己说出这个名字。）

姑娘温柔地说："你看到我们俩了吗？你是不是早就知道——"

哈伦结结巴巴地说："不，不，我看不见我自己。我只有在现——我不在这里，除非我亲身过来。这个我解释不清。"此时他慌乱加倍。首先，为她说的话心慌不已；其次，自己又差点说出"现实"这个词，而这个词是绝对禁止跟任何一般时空住民提起的。

她扬起眉毛，睁大眼睛，显得有点震惊。"难道你觉得羞愧吗？"

"我们做的事是不对的。"

"有什么不对？"对于482世纪的她而言，提出这样的问题天经地义，"难道永恒之人不准做爱吗？"她语气戏谑，好像在问难道永恒之人不准吃饭吗。

"别用这种字眼。"哈伦说，"事实上，从某种程度上说，我们的确不被准许那样做。"

"好吧，那就别告诉他们。我不会讲。"

然后她绕过桌子来到他身边，坐在他大腿上，轻盈而流畅地扭动翘臀，把碍事的小餐桌顶到一边。

他突然全身僵硬，举起双手作势要把她推开。他失败了。

她俯下身，吻他的嘴唇，一切变得再没有什么尴尬。再没有什么东西能阻挡他们两人。

他不记得从什么时候开始，在作为观测师的时候，他越过职权，尝试了伦理上不该做的事。他开始寻找当前现实的问题所在，为什么要施行变革，同时推测计划中的现实变革方式。

让永恒时空觉得不妥的，肯定不是这个世纪松弛的道德观，不是体外孕育，也不是女权盛行的风气。上述这一切早就存在，而且全时理事会熟视无睹。只有芬吉说过，那是一件非常精细微妙的事。

那么针对它而进行的变革必然同样精细微妙，肯定跟他目前所观测的阶层有关。这一点显而易见。

真正让他烦恼的是，变革必然会影响到诺依。

剩下三天里，他完成了观测任务书中规定的任务，心头却渐渐掠过一片乌云，甚至冲淡了他与诺依相聚的欢愉。

她跟他说："怎么了？这段时间你看起来跟在永——那个地方的时候完全不一样了。你一点都不呆板了。不过现在你看上去有点忧郁。是因为你要回去了吗？"

哈伦说："这是一部分原因。"

"必须要走吗？"

"必须要。"

"晚回去两天，谁会管呢？"

哈伦差点笑出来。"回去晚了，他们可不会高兴。"他说着，心中却在想观测任务书上还有两天的备用时间。

她调了调一台乐器上的控制键，轻柔而繁复的乐曲从它内部流泻而出，打击乐声与和弦随意地组合在一起：通过复杂精妙的数学方程随机组合，唯一的原则是悦耳即可。这种音乐如同从天而降的雪花，每一段都独一无二无法复制，但每段都不失美妙。

在乐曲的催眠中，哈伦注视着诺依，他的心思全都集中在她身上。在新的现实中，她会开始怎样的人生？成为工厂的女工，嫁给渔夫，生下六七个肥胖丑陋贫病交加的孩子？不管变成什么样，她都不会再记得哈伦。在新的现实里，他将不再出现在她的生活中。不管变成什么样，她都不再是现在的诺依。

他不只是爱着面前的这个姑娘。（很奇怪，他第一次在自己脑海中拼出"爱"这个字，没有半点迟疑，也不觉得有任何不妥。）他爱着许多复杂元素的组合：她的衣着品位，她的步态，她说话的方式，她恶作剧似的小表情。在一个给定的现实进程中，四分之一个世纪的生活和经历造就了这个姑娘。在一个物理年之前，这个世纪里运行的还是上一个现实，那里的诺依不是今天他的诺依。在下一个现实里，她也不再是他的诺依。

按照构想，新的诺依应该在某种程度上更好，但他心中有一点确定无疑。他只想要现在的诺依，就是此刻真真切切站在他的面前的诺依，这个现实里的诺依。如果她有缺点，那他情愿要这些缺点。

他能怎么办呢？

他心中想到几个步骤，每步都犯法。其中一步就是了解到变革的细节，查出诺依会受到什么影响。总之没人能确定……

一阵死一般的寂静把哈伦从回忆中拉了回来。他还在生命规划师的办公室里。社会学家伏伊正斜着眼偷瞄他。费鲁科的骷髅头也朝向他。

这是具有穿透力的寂静。

大家都愣了一下才明白寂静的含义。加法计算器嘎嘎吱吱的运算停住了。

哈伦跳了起来。"结果算出来了，生命规划师。"

费鲁科低头看着手里的打印箔片。"对，没错。真可笑。"

"能让我看看吗？"哈伦伸出手。手明显在颤抖。

"没什么可看的。所以才可笑。"

"没什么——是什么意思？"哈伦盯着费鲁科，心中感到十分痛苦，连眼前高瘦的费鲁科站立的模样也变得朦胧起来。

生命规划师用冷静平淡的声音说道："那位女士在新的现实中不存在。没有什么生命轨迹变迁，她只是消失了，仅此而已。不见了。我已经把误差率降低到0.01%，她哪儿都没去，实际上，"他伸出修长光洁的手指挠挠脸颊，"按照你提交给我的所有因素来看，即使是变革之前的旧现实，我也看不出她有什么存在的理由。"

哈伦几乎听不见了。"可是——那次变革非常小。"

"我知道。事情都凑巧了，真可笑。给你，你要看结果吗？"

哈伦的手紧紧按在箔片上，却摸不出任何内容。诺依不见了？诺依不存在了？怎么会这样？

他感到肩膀上有人搭上一只手，伏伊的声音在他耳旁响起。"不舒服吗，技师？"手马上又缩了回去，好像它不小心碰到时空技师的身体，现在后悔死了。

哈伦咽了口气，努力找回仪态。"我没事。你能带我回时空壶那里吗？"

他绝不能表露自己的情感。他必须表现得像在做纯学术研究，上述结果早在意料之中。他必须假装诺依不存在于新的现实中这个结果正合他的预测，他还要因此而满心欢喜，得意洋洋。

第七章 犯罪的开端

哈伦走进2456世纪的时空壶，又回头望了一眼，确保分隔永恒时空和竖井的障壁完好无损；社会学家伏伊没有在看他。在过去的几星期里，他已经养成一种习惯，像下意识的抽搐，时不时都要回头瞄几眼，确保竖井时空壶里没人藏在他背后。

然后，尽管他现在已经身处2456世纪，哈伦还是把时空壶的控制器调整到时空上移状态上。他看着时空计数器上的数字一个劲上涨，生命规划师的发现改变了一切！他的犯罪行动也要作怎样彻底的调整啊！

这一切都是芬吉造成的。这念头摄住他的心神，以荒谬可笑的节奏在他脑海里轰轰作响，不断重复，挥之不去：都怪芬吉，都怪芬吉……

在结束482世纪与诺依相处的日子，返回永恒时空之后，他不想与芬吉有任何个人接触。置身于永恒时空，他就被负罪感包围。背叛自己入职时的誓言，在482世纪不算什么，但在永恒时空却是了不得的大事。

为了不用当面递交，他把观测报告放进文件输送槽，然后回到自己房间。他需要一点时间仔细想想，适应自己心境上的改变，思考未来人生的方向。

芬吉却不给他这个机会。报告被编码记录并且塞进输送槽后不到一小时，芬吉就和哈伦取得联系。

计算师的面容出现在屏幕上。他的声音响起："我还以为你在办公室。"

哈伦说："我已经把报告交了，先生。在等待新任务指派之前，我待在哪儿都没关系。"

"是吗？"芬吉瞅了瞅手里拿的箔片卷，把它举高，斜着眼打量上面的孔洞。

"它还不完善。"他继续说，"我能去你房间面谈吗？"

哈伦迟疑了一下。这家伙现在是他的上级，这时候拒绝芬吉的探访，有抗命不遵的意味。那样就给人感觉他做贼心虚，此刻他正心烦意乱痛苦不堪，不敢给人这样的把柄。

"非常欢迎，计算师。"他生硬地说。

芬吉圆滚滚、肉乎乎的身躯挤进哈伦火柴盒一样的方正房间，带来一种奢靡的视觉冲击。在哈伦的故乡世纪95世纪，人们在室内装饰上奉行斯巴达风格的极简主义，哈伦本人也从来没有改换过口味。房间内金属管构建的椅子上还做出仿木纹的表面（尽管不是很成功）。房间的一角有一件小家具，跟本时代的装饰风格更是格格不入。

芬吉的目光马上被它吸引。

计算师伸出一只粗短的手指摸了摸，仿佛在测试它的材质。"这是什么东西做的？"

"木头，先生。"哈伦说。

"真品吗？真的木头？太惊人了！你的家乡世纪会用木头，

对吗？"

"是的。"

"我明白了。在这方面上，我们没有硬性规定，技师。"他把刚才摸过木头的手指在裤缝上蹭了蹭，"不过我不知道，这种眷恋故乡世纪生活习惯的行为值不值得提倡。真正的永恒之人会适应周围任何世纪的环境。比如我记得，这五年中我大概只用能量导向器皿吃过一两次东西。"他叹了口气，"虽然我觉得食物接触各种材质表面很不干净，但我不会放弃适应的努力。我永不放弃。"

他的目光回到木质物体，不过现在两手都背在身后，然后说道："这是什么东西？干什么用的？"

"它是个书架。"哈伦回答。他忍不住想问芬吉，双手紧紧贴在背后的衣服表面，感觉又是如何。他难道不该觉得，连衣服带自己的身体都由纯粹的能量力场构成，才够干净吗？

芬吉挑挑眉毛。"书架。那么说放在这个架子上的东西就是书本了。对吗？"

"是的，先生。"

"真品吗？"

"全部都是，计算师。我从24世纪搞来的，有几本甚至是20世纪流传下来的古物。如果……如果您想看看它们，希望您能小心点。虽然纸张都经过修复和浸染，但毕竟不是箔片。请小心触摸。"

"我不会碰的，我根本就不想碰。我猜，上面还有20世纪的史前灰尘吧。真的书本啊！"他大笑，"都是木纤维制品，对吗？你是这个意思吧。"

哈伦点点头："经过浸染强化之后可以长期保存的木纤维制品。是的。"他张口做了一次深呼吸，强迫自己保持平静。他不该抱有那么可笑的情绪，不应该把别人对书本的漠视当作对他的侮辱。

"我敢说，"芬吉还没有换话题，"这么多书的内容加在一起，两米长的箔片就可以装得下，卷起来还不到一个小指头大。这是些什么书？"

哈伦说："20世纪一种新闻杂志的合订本。"

"你都读过吗？"

哈伦骄傲地说："我手里有几套全集合订，是孤本。永恒时空的任何一间图书馆都没有副本。"

"好吧，这是你的癖好。我记得你说过对原始时代很感兴趣。真想不到，你的导师居然纵容你培养起这样的爱好。真是浪费精力啊。"

哈伦冷冷地说："我想您是来跟我谈报告的。"

"对，我是。"计算师四下看了看，挑了把椅子小心地坐下，"它不够完善，我在通信器里说过了。"

"哪部分不完善，先生？"（要镇静！要镇静！）

芬吉突然浮现出一丝神经质的微笑。"是不是还有一些事，你在报告里没提，哈伦？"

"没有，先生。"尽管他语气坚定，但他站在那里，感到心中有鬼。

"说吧，技师。你在那位年轻女士的社交圈子里度过了几段时间。除非你没遵守时空观测计划书的要求——我想你还是遵守了，对吗？"

哈伦心中被负罪感压住，以至于他没有愤然而起，为对方侮辱他的职业操守而勃然大怒。

他只能回答："我遵守了。"

"那发生了什么事呢？关于你和那女人两人之间的私人互动，你没有汇报。"

"没什么重要的事。"哈伦嘴唇干燥。

"真可笑。以你的年龄和资历，应该不需要我再提醒你，判断观测结果的重要与否不是观测师的职责。"

芬吉犀利的眼神盯着哈伦。虽然他问题正当，口气还算温和，但他眼神中的严厉和咄咄逼人透露出了他的真实想法。

哈伦当然知道，也不会被芬吉温和的口气所欺骗，但内心却被多年养成的职业习惯所牵扯。观测师必须如实汇报所见的一切。观测师只是永恒时空伸入一般时空的神经节，唯一的功能只是感知。他们只能感受周围环境中的一切，然后收回母体。只要在观测任务期间，他就不能拥有自我的意识，他甚至不能算是人。

几乎是自动行为，哈伦开始叙述报告中遗漏的一切。他以观测师千锤百炼的记忆力，逐字逐句地复原当时的每一句话，描述当时的所有语气和表情。他充满爱意地讲述，因为在讲述的过程中，那些事情他仿佛重新经历了一遍；在讲述中，他几乎忘记了芬吉的窥视和自己正在恢复的职业操守正把自己带入内疚的深渊。

直到他的讲述进行到他与诺依第一次长谈结尾的时候，他的声音才开始支吾起来，观测师的绝对客观外壳开始出现裂缝。

在讲述到进一步细节之前，芬吉突然举起的手和尖利的嗓音解救了他。"谢谢你。已经够了。你接下来就和那个女人做爱了吧。"

90

哈伦非常气愤。从字面上看，芬吉说得没错，但他的语气却那么淫邪、下流，而且更糟的是，语气很随意。不管那事怎么样，但绝对不是吃饭喝水那么随意！

从芬吉急不可耐地要过来对质，还有他打断哈伦的口头报告的表现来看，哈伦对他的态度心里有个解释。芬吉在嫉妒！哈伦敢发誓，那是因为哈伦居然夺走了他觊觎已久的姑娘。

哈伦心中涌起一阵胜利的喜悦，非常甜美。他有生以来第一次感到，生命中居然还有比为永恒时空效忠更有意思的事情。他就是要让芬吉吃醋到死，因为诺依·兰本特永远都是他的了。

在这种突如其来的得意驱使下，他提出了自己原本准备四五天之后稍微谨慎一点提出的申请。

他说："我希望能获得准许，可以与一名一般时空住民建立暂时交欢关系。"

芬吉似乎刚从自己的沉思中回过神来。"我想，是跟诺依·兰本特吧。"

"是，先生。您身为管辖本时空分区的计算师，我必须要向您申请……"

哈伦真心想向芬吉申请，让他为此痛苦。如果他自己也惦记着姑娘，那就让他亲口说出来，然后哈伦就会坚持让诺依自己作选择。想到这事哈伦就忍不住嘴角带笑，他真心希望事情发展到这一步，这是他最后的凯旋。

当然了，一般情况下时空技师不会向计算师当面提出这样的申请，但哈伦知道自己背后有忒塞尔作后盾，而芬吉还远没有能抗拒忒塞尔权威的实力。

可是，芬吉看起来非常平静。"看起来，"他说，"好像你已经事先非法占有了那个姑娘。"

哈伦激动得脸红脖子粗，然后心虚地辩解："时空观测计划书里只规定我们必须待在一起。至于我们之间发生什么，并没有明文禁止，所以我觉得我没错。"

这是谎话，从芬吉半戏谑的表情来看，他也明白这是谎话。

他说："我们要做一次现实变革。"

哈伦说："如果那样的话，我会修改我的申请，请求与新的现实中的兰本特小姐暂时交欢。"

"我不认为这样的行为很明智。你凭什么事先确定一切如你所愿？在新的现实里，她可能会结婚，也可能会毁容。实际上我可以告诉你，在新的现实里，她不会喜欢你，她绝不会喜欢你。"

哈伦浑身颤抖。"你什么都不知道。"

"是吗？你真以为你们之间有心心相印的真爱吗？能不为外界所动，直到地老天荒？你是不是一般时空的小说看多了？"

哈伦深受刺激，轻率地说："不管别的，我就不相信你。"

芬吉冷冷地说："请你再说一遍。"

"你在撒谎，"哈伦也豁出去了，"因为你嫉妒。就这么简单。你在嫉妒。你早就在打诺依的主意，但她选择了我。"

芬吉说："你明不明白……"

"我非常明白，我又不是傻子。我不是计算师，也不是一无所知。你说她在新的现实里不会喜欢我。你怎么知道？你甚至不知道新的现实会是什么模样。你甚至不知道会不会有新的现实。你只是收到了我的报告而已。在计算新现实的可能性之前，还要先分析报告，更别说你就算提出变革申请，上面也不见得会同意了。所以你说你知道变革后的事，那肯定是撒谎。"

芬吉有许多种方法可以作出回应。即使心情这么激动，哈伦也能想出好几种。他也懒得猜芬吉会用哪种了。芬吉可以怒发冲冠夺门而出；他可以叫来几个保安，以冲撞长官的罪名把哈伦关起来；他可以大声咆哮，像哈伦一样怒吼；他可以直接向忒塞尔报告，发起官方申诉；他可以……他可以……

芬吉什么都没做。

他温和地说："坐下，哈伦。我们好好谈谈。"

这反应完全出乎哈伦的意料，他几乎是瞠目结舌地坐了下来。他心态开始动摇，这算什么？

"你肯定还记得，"芬吉说，"我跟你说过482世纪的问题，就是当前现实里，一般时空住民中有一部分人对永恒时空抱有不切实际的幻想。你还记得，对吗？"他说话的语气神情，好像一位性格温和的教授面对一个后进学生，但哈伦能在他目光中捕捉到一丝得意的光芒。

哈伦说："是的。"

"你肯定还记得，我跟你说过全时理事会对我的分析还持慎重态度，认为我缺乏详细的观测作确切依据。难道这你还听不出来吗？我已经计算过必要的现实变革了啊。"

"但我的观测报告就是确切的依据，不是吗？"

"是的。"

"而分析我的报告还需要耗费一定时间。"

"屁话。你提交的那份书面报告屁用都没有。能作为确切依据的东西，就在你刚才跟我口头汇报的话里。"

"我不知道你在说什么。"

"好吧，哈伦，让我来告诉你482世纪的问题所在。在这个世纪的上流社会中，特别是女人圈里，流传着一种观念，认为永恒之人真的是永恒的，如字面所言，长生不老……伟大的时间之神啊，哥们儿，诺伊·兰本特也跟你说过这些话啊。二十分钟前你刚跟我复述过。"

哈伦目光空洞地盯着芬吉。他正在脑海中回放当时的情境，诺伊依偎在他怀里，漆黑的美丽眸子抓住他的视线，她的声音在耳边响起：你长生不老。你是永恒之人。

芬吉继续说："现在这种想法显然不好，但就其自身而言，还没有坏到什么地步。它会带来一些麻烦，给我们这个时空分区增加一些工作难度，但根据计算显示，事态发展到必须以变革来纠正的几率并不太高。不过，你难道还看不出来吗？一旦要实施变革，那么首当其冲被变革掉的人群，就是那些迷信的人啊。换句话说，就是女性贵族们，包括诺依。"

"有可能，但我还有机会。"哈伦说。

"你根本就没机会。你真以为自己魅力无边，可以让一位贵族姑娘投入一个职位低微的时空技师的怀抱吗？别傻了，哈伦，赶紧醒醒吧。"

哈伦紧紧咬着嘴唇。一言不发。

芬吉说："你能想象到，在永恒之人长生不老这种迷信之上，他们还加上了怎样的幻想吗？时间之神啊，哈伦！大部分女人都相信，只要跟永恒之人性交，就可以让一个凡人女性（她们把自己当凡人）获得永生！"

哈伦在颤抖。他的耳边又响起诺伊的声音：如果我能成为永恒之人……以及随之而来的亲吻。

芬吉继续说："哈伦，这种迷信听起来难以置信。以前从无先例。它应该属于随机出现的失误范畴，所以从前一次变革的推算过程中，看不到有关它的任何信息。全时理事会要求拿出更确切、更直接的证据。我从兰本特小姐的阶层中选出她作为样本。而另一个被试者，我则选择了你……"

哈伦愤然起立。"你选择了我？选择我做被试者？"

芬吉看着他。

在这种一言不发的注视中，芬吉还能保持形象稍微扭动了一下。他说："你还没听懂？好吧，看来你真没懂。你瞧啊，哈伦，你是永恒时空生产出来的典型冷血动物。你对女人不屑一顾，你把女人和与女人相关的一切都当作道德污点。不对，更准确地说，你认为她们罪孽深重。这种态度是你的招牌，所以在任何女人眼里，你都像一条死了一个月以上的鱼，毫无吸引力。然后我们这里有一个女人，一个在纸醉金迷时代备受娇宠的美女。她在和你独处的第一个晚上就投怀送抱，几乎是哀求着你搞她。你不觉得这种事匪夷所思，绝对不可能？除非……好吧，除非这正好就是我们要寻找的案例。"

哈伦挣扎着说出："你说她出卖自己的身体……"

"为什么说得这么难听？在这个世纪，性不是什么羞耻的事。唯一奇怪的是她肯选择你作为性伴侣，而唯一的解释就是她希望借此获得永生。仅此而已。"

此时的哈伦脑海中一片空白。只见他伸出双臂，双手握爪，向前冲来，显然想把芬吉掐死。

芬吉慌忙后退。他迅速掏出一支爆破枪，心惊胆战地比画着。"别碰我！后退！"

幸好哈伦还有一点理智，停下了动作。他头发蓬乱，衣服被汗水浸透，鼻翼扭曲，粗重的呼吸声几乎拉出嗯哨。

芬吉颤抖着说："我太了解你了，你看，我早就猜到你会发狂。要是你敢惹我，我会开枪的。"

哈伦说："出去。"

"我这就走。不过首先你得听着。你竟胆敢攻击一名计算师，应该受到降职处分，但我不准备追究。不过你很快会明白，我说的每一句都是真话。在新的现实中，不管诺伊·兰本特会变成什么样，她的迷信都会消失。这次变革的全部意义就在消除这种迷信。而如果没有这玩意儿帮忙……哈伦，"他几乎咆哮起来，"一个像诺伊那样的女人怎么看得上你？"

矮胖的计算师一步步向哈伦宿舍门口退去，爆破枪依然端在胸前。

他停在门口，以残忍的幸灾乐祸的口吻说："当然了，如果你现在去搞她，哈伦，现在去，还能继续爽一阵子。你们可以保持交欢关系，可以得到正式批准。但要记住，只是现在。因为变革很快就要开始了，哈伦，在那以后，你就再也不能搞她了。多么遗憾啊，美好的现在却不能持续，即使在永恒时空里也一样。对吗，哈伦？"

哈伦不再看他。芬吉已经大获全胜，就要带着毫不掩饰的得意凯旋而归。哈伦低着头，目光空洞地看着自己的脚尖。等他再度抬起头来的时候，芬吉已经走了——不知道是五秒钟之前还是十五分钟之前，哈伦全然没有印象。

好几个小时过去了，哈伦依然浑浑噩噩地沉陷在自己的情绪里。芬吉说的一切都那么真实，那么显而易见的真实。观测师的精准回忆让哈伦一次次重回当时的现场，再次审视他和诺依短暂而不寻常的交往，可惜那一幕幕已经有了完全不同的意味。

那不再是美妙的一见钟情。他当时怎么会相信？跟他这样的男人一见钟情？

当然不可能。泪水在眼眶里打转，他感到羞惭。太明显不过，一切都是冰冷的算计。那姑娘有无法抵挡的性感魅力，却没有任何道德规条限制她使用这种魅力。所以她就尽情发挥，不管对象是安德鲁·哈伦还是别的人。他只代表了她心中对永恒时空扭曲的向往，仅此而已。

哈伦修长的手指下意识地拂过他的小书架。他随手抽出一本书，随手打开。

页面上字迹模糊。褪了色的插图看起来很丑陋，像是毫无意义的污迹。

为什么芬吉费这么大劲告诉他这些？按照严格的规定，芬吉不应该这么做。作为一名观测师，或者任何担任观测职责的人，他都不应该得知有关观测任务结果的一切。那会让他偏离观测师绝对客观的理想立场。

这当然是为了打击他，一次蓄谋已久的嫉妒的报复。

哈伦翻开手中杂志的扉页，他的视线停留在一张汽车图片上。那是一辆红色的汽车，款式特征跟45世纪、182世纪、590世纪以及984世纪的汽车相近，共同的源头则是原始时代的后期。那时候的汽车普遍应用内燃机引擎。在原始时代，汽车动力都来自于天然石油，而车轮则由天然橡胶制成。当然了，后来的世纪再也没用过这两种天然材料。

哈伦曾跟库珀讲过这些。他当时还重点强调过，而现在他迫不及待地想把不愉快的事驱逐出脑海，所以赶紧回想起授课时的事来。于是那些毫不相干的清晰图像，一幅幅充满了他的脑海。

"这些是广告，"他当时曾说，"与同一本杂志里所谓的新闻文章比，它们能传达更多有用的信息。新闻文章会假定其读者掌握了当时世界上通行的基本知识。对于习以为常的事物，它们不会附带解释。比如说什么是'高尔夫球'，你知道吗？"

库珀很明确地表示他不知道。

哈伦继续解释，虽然极力避免，但还是情不自禁地带着说教的口吻。"从上下文提及它的几个地方来判断，我们可以推测出它是某种小型球状物体。我们还会发现它会在某种比赛中使用，因为提到它的文章类目属于'体育'。我们甚至能进一步推断，它会被一种杆状物体击打，而比赛的目标是把它打进地面上的洞里。不过为什么要做这么麻烦的推理呢？看看这幅广告就好了！广告唯一的目的就是引诱读者购买这种小球，但这样一来，我们面前就有了一张精美的高尔夫球招贴画，而且还附带剖面图，清楚地显示出它的内部结构。"

跟原始时代刚结束的世纪一样，在库珀的故乡世纪里，广告行业非常凋敝，所以他很难理解这种行为。他说："自卖自夸这种行为不是很讨厌吗？把自己的商品吹得天花乱坠，有哪个傻子会上他的当？他不说自己产品的缺点吗？这么自吹自擂，他也不脸红吗？"

哈伦的故乡世纪里，广告行为还算兴旺，他宽容地挑挑眉毛，只是说："你必须接受这种事。这是他们的生活方式，我们从来不跟任何文明阶段的人争论生活方式的事，除非这种方式会对全人类的福祉造成严重损害。"

不过这时候哈伦的思绪瞬间跳回眼前，他回过神来，手里依然拿着新闻杂志，眼睛盯着造型夸张的汽车广告图片。他心中突然涌起一阵兴奋的情愫，忍不住扪心自问：刚才这段回忆与眼前的现实难道真的毫不相干？他是不是曲径通幽，给自己找出一条走出泥沼、重回诺伊身边的捷径？

广告啊！广告就是改变人初衷的工具。对于一个汽车销售经理来说，客户一开始对他的产品有没有购买欲望重要吗？即使没有购买欲，那么经过精心劝说或者花言巧语，让他产生购买欲，并且付诸实施，那不是一样达到目的了吗？

这么说的话，诺伊对他的爱一开始是出于激情还是出于算计，有那么重要吗？只要两个人长期相处，她也会渐渐爱上他的。他会让她陷入爱河，这时候谁还管一开始这爱源自什么呢？现在他还真希望自己读过几本一般时空的浪漫小说，就是芬吉讽刺挖苦的时候提到的那种。

哈伦突然又想到一些事，不由得攥紧了拳头。如果诺伊来找他哈伦，以求得到永生，那就说明她以前没有在别人身上实现这个愿望，她应该从来没有和其他永恒之人发生过关系。那就说明她和芬吉只是秘书和老板的关系。否则她还有什么必要来找哈伦呢？

而芬吉从前肯定试过——肯定打过主意……（这种卑鄙的行为，哈伦甚至在自己脑海里都想不下去）。芬吉肯定亲身验证过那种迷信的存在，而他肯定不会放过诺伊这个每天在身边走来走去的尤物。而她肯定拒绝了他。

他不得不利用哈伦，而哈伦成功了。然后芬吉嫉妒得发狂，一定要报复，所以他才抖落出诺伊动机不纯的事，还有两人不能长相厮守的事，折磨哈伦。

这么说，即使以长生不老为诱惑，诺依还是拒绝了芬吉，却接受了哈伦。她有那么多男人可以选择，最后却选择了哈伦。所以这不完全是精心算计的结果，也有感情因素。

哈伦思维飞速跳跃，脑子里都打结了，不过情绪却越来越亢奋。

他必须要得到她，就现在。在现实变革之前。芬吉怎么说的来着？"美好的现在不能延续，即使在永恒时空里也一样"？

不能吗？真的不能吗？

哈伦已经知道自己接下来应该怎么办。芬吉愤怒的嘲弄已经给他指明了思路，而芬吉最后一句嘲笑则至少启发了他，让他知道接下来必须要迈出哪一步。

想到这些，他一秒钟都不会再耽搁。怀着兴奋甚至是欢快的心情，他离开宿舍，几乎一路小跑着，准备对永恒时空犯下一桩惊天动地的罪行。

第八章 犯罪

没有人问他。也没有人阻止他。

不管怎样，作为被别人孤立排挤的时空技师，至少还有这点好处。他穿过时空壶的通道，来到一座通向一般时空的时空之门前，开启控制器。当然了，如果有人因正常公务路过此地，发现这扇门有人在用，肯定会感到奇怪。他迟疑了一阵，最后还是决定在控制器的标签上打上自己的个人标识。一扇正被某个时空技师使用的时空之门，不太会引人注目；而如果一扇门正在使用中，却没有任何使用者的标识，反而格外惹眼。

当然，万一是芬吉鬼使神差撞到这扇门前就坏了。不过他必须得冒着这个险。

诺伊还站在原地，跟他离开时一样。哈伦自从离开482世纪后，已经在寂寥的永恒时空里度过了好几个小时（物理时间）的悲惨时光，但当他返回一般时空的时候，切入的时间节点则是他刚刚离开的时间点，前后只有几秒钟的间隔。所以他回来的时候，诺伊连一根头发丝都没动。

她看起来很惊讶。"你忘记拿东西了吗，安德鲁？"

哈伦满怀热望地看着她，却没有伸手碰她。他还记得芬吉的话，心中害怕被拒绝，害怕受打击受伤害。他斩钉截铁地说："你必须照我说的做。"

她说："出什么事了吗？你才刚离开，一转眼就又回来了。"

"别担心。"哈伦说。他用尽全身力气，强忍着不去拉她的手，不去安抚她，反而以严厉的语气说话，好像有个可怕的恶魔正逼他行凶作恶。为什么他一有空就溜了回来？在她眼里，他只是刚离开就回来了，这只能让她更迷惑。

其实他自己知道答案。时空观测计划书给了他两天的备用时间，这两天内他越早行动就越安全。一开始的时候基本不会有人注意。按照常理，他重新切入一般时空的时间节点，应该选在他离开之后尽可能久一些的时间点，尽管回来本身已经是愚蠢的冒险行为。时间间隔这么近，一旦他计算失误，就可能切进他离开之前的时间点。那会有什么后果？他当年成为观测师之后学到的头几条戒律中就包括这样一条：如果一个人分两次切入一般时空的同一个现实，那他就有遇见自己的危险。

这种情况是要绝对避免的。为什么？反正哈伦知道，他不想碰见自己。他一点都不想跟另一个过去或者未来的哈伦面面相觑。除了这种尴尬之外，那会产生一种时空悖论。这种事忒塞尔是怎么打趣来着？"一般时空里没有悖论，因为时空本身会以巧妙的方式避免悖论的产生。"

此刻，诺伊睁着一双闪闪发亮的大眼睛看着他，这正是他脑海中挥之不去无法割舍的梦幻场景。

然后她走了过来，把冰凉的小手放在他灼热的脸颊上，温柔地说："你遇到麻烦了吧？"

在哈伦眼中，她的眼神多么亲切多么可爱。但这怎么可能？她已经得到了想要的东西。她为什么还对他这么好？他抓住她的手腕，声音沙哑地说："你会跟我一起走吗？现在就走？不问任何问题，按照我说的去做，可以吗？"

"一定要吗？"她问道。

"一定要，诺侬。这非常重要。"

"那我就跟你走。"她简简单单地回答，好像这种问题每天都会遇到，每次她都会理所当然地答应。

站在时空壶的入口，诺侬稍微犹豫了一下，然后就走了进去。

哈伦说："我们要做时空上移，诺侬。"

"意思就是去未来，对吗？"

自从她第一步迈进时空壶之后，壶身就已经在微微嗡鸣；没等她坐下来，哈伦已经以轻微精准的方式，用手肘推动开关。

在这种无法言喻的穿越时空的"运动"中，她没有表现出任何类似于晕船的症状。他本来还担心她会有点晕。

她安静地坐在座位上，那么美丽，那么轻松自在，以至于他看着她，心中充满渴望。这时候，私自夹带一名一般时空住民进入永恒时空的重罪，早被他抛到九霄云外。

她说："那些数字代表着年份吗，安德鲁？"

"代表着世纪。"

"你的意思是，我们已经到了一千年以后？这么远了？"

"没错。"

"我好像没什么感觉。"

"我知道。"

她往四周看看。"但我们是怎么运动的呢？"

"我不知道，诺侬。"

"你都不知道？"

"关于永恒时空，还有很多事太过深奥，我们无法理解。"

时空计数器上的数字不断滚动着。它们跳得越来越快，最后飞速运转，完全看不清了。哈伦用手肘一直推着操纵杆，把速度推到最高。这么高的能耗可能会引起能量站工作人员的警觉，不过他觉得应该不至于那么倒霉。他带诺依进入永恒时空的时候都没被人撞上，闯过那一关，他们已经完成了百分之九十的任务。现在剩下的工作，就是找个安全的地方把她藏起来。

哈伦又扭过去看着她。"永恒之人也不是无所不知。"

"我连永恒之人都不是。"她喃喃地说，"我知道的就更少了。"

哈伦的心跳骤然加快。还不是永恒之人？但芬吉说……

别管那些事了，他在心中恳求自己。别管那些事了，她都跟你走了，她还对你笑。你还想要什么？

但他还是问了。他说："你以为永恒之人会永生，是吗？"

"这个嘛，他们都自称永恒之人，而且所有人都那么说啊。"她对他展开明媚的笑容，"但其实不是永生的，对吗？"

"你不认为永恒之人会永生吗？"

"我在永恒时空里待了一段时间之后，就不那么认为了。人们说话的口气，不像能长生不老的样子，而且永恒之人里也没有老人。"

"但你说我会长生不老——就那晚。"

她从椅子上向他靠过来，还在微笑。"我那时候想什么，谁知道呢？"

他无法掩饰声音里的紧张之情。"一般时空的住民如果想成为永恒之人，会采取什么行动？"

她脸上的笑容消失了。不知道是不是他的错觉，诺依的面颊上似乎有点激动的红晕？她说："你为什么要这么问？"

"为了查明原因。"

"太愚蠢了。"她说，"这事我不想谈。"她目光低垂，看着自己优雅的手指。在时空壶内柔和光线的映衬下，她的指甲闪烁着无色的光芒。哈伦思绪凌乱，不经意间飘回某次夜晚的聚会。那时候壁灯的光线中会掺杂一点点紫外线的照射，然后这些指甲会呈现出淡苹果绿色或者沉郁的猩红色——全看她那双纤手摆放的姿势而定。像诺依这么聪明的姑娘，肯定能让指甲变幻出六七种色彩，好像那些色彩可以代表她当时的心情。蓝色代表天真空灵，亮黄代表开怀大笑，紫色代表悲伤，而猩红色则代表激情。

他问道："为什么要和我做爱？"

她甩甩头，把头发甩在脑后，然后脸色苍白神情严肃地看着他。她说："如果你非要问的话，我可以说，部分原因就是那种理论，女孩只要和永恒之人发生关系，自己也能成为永恒之人。但我个人并不在乎能否长生不老。"

"我记得你说过，并不相信那种理论。"

"我是不相信，但对一个姑娘来说，试试也没坏处。特别是——"

他严厉地盯着她，希望用这种故乡世纪标准的冷若冰霜的道学面孔，掩饰自己内心的伤痛与失望。"怎样？"

"特别是不管怎样，我就想和你做。"

"想和我做爱？"

"是的。"

"为什么是我？"

"因为我喜欢你。因为觉得你很好玩。"

"好玩？"

"嗯，或者说很有个性，如果这么形容你更能接受的话。你总是极力压制心中的愿望，不看我一眼，却总是无能为力，又偷偷瞄我。你想让自己恨我，但我却能看出你对我的渴望。我想，我还挺同情你的。"

"你同情我什么？"他觉得脸上一阵发热。

"同情你心里受那么多煎熬，只是因为我。本来很简单嘛。想跟我在一起，过来表白就好啦。表现得友善一点很容易啊。为什么要那么煎熬？"

哈伦点点头。这就是482世纪的道德观啊！"表白就行。"他喃喃地说，"这么简单。别的什么都不用。"

"当然了，姑娘也得愿意才行。大多数时候女孩都会答应的，只要她没有和别人拍拖。为什么不答应呢？多简单的事。"

这次换了哈伦低下头。当然了，就这么简单。没什么不妥的。这就是482世纪。在整个永恒时空里，还有谁比他更清楚呢？他居然还会问出那些问题，他真是个傻瓜，彻头彻尾的傻瓜。在他自己的故乡世纪，要是哪个女孩敢当着男人的面吃东西，他可能会冲上前去指责她行为不端。

他的态度转而谦卑起来。"你现在觉得我怎么样？"

"你很好，"她温柔地说，"如果能放松点就更好了——你能不能笑一个？"

"现在又没有什么好笑的，诺依。"

"求你了。我只想知道你脸部肌肉正不正常嘛。让我看看嘛。"她扯住他的嘴角，向后一拉。他吓了一跳，脑袋向后一缩，脸上不禁露出微笑。

"瞧。笑一下又不会把脸扯坏。你长得不难看，要是多多练习——站在镜子前面练习微笑，学会用眼神放电——我敢保证你会练成大帅哥的。"

不过他脸上那一丝微笑已经转瞬而逝。

诺依说："我们有麻烦了，是吗？"

"对，是有麻烦了。诺依。天大的麻烦。"

"因为我们做过的事？你和我？那天晚上做的？"

"不全是。"

"那都怪我，你知道。要是你想的话，我去找他们坦白，承担责任。"

"千万别，"哈伦奋力地说，"千万不要觉得内疚。你什么都没做错，什么都没有，一点错都没有。是因为别的事。"

诺依不安地看着计数器。"我们在什么地方？我都看不清那些数字了。"

"应该问我们在什么时间。"哈伦马上纠正了她的表述错误。他放慢上移速度，跳跃的世纪数开始清晰起来。

她瞪着美丽的大眼睛，在雪白的肌肤映衬下，长长的睫毛清晰可辨。"这数字正确吗？"

哈伦扫了一眼那数值。上面显示是72000世纪。"我肯定它没错。"

"但我们要去什么地方？"

"应该说去什么时间。我们要去遥远的上时。"他冷峻地说，"美好而遥远的未来。一个他们找不到你的地方。"

在沉默中，他们看着数字不断跳跃。在沉默中，哈伦一遍遍告诉自己，女孩根本不像芬吉所诋毁的那样。她坦然承认，自己的行为的确有部分出于那种功利的理由，但她又更坦然地承认，那么做更是因为个人情感的吸引。

诺侬又挪动自己的位置，他抬眼看着。她来到壶内他的这一侧，果断推动操纵杆，让时空壶的运动猛然停下来。

哈伦咽了口气，闭上眼让减速的晕眩过去。他说："怎么了？"

她脸色苍白，过了一会儿才缓过来。然后她说："我不想走更远了。数字已经很高很高。"

时间计显示：111394世纪。

他说："是够远了。"

然后他坚毅地握住她的手说："来吧，诺侬。这里就是你临时的家。"

他们像孩子一样手牵着手，在走廊间游荡。主干道上的灯一直亮着，而那些不开灯的房间，只要碰触一个按钮，也会马上明亮起来。空气清新而流动，虽然听不到响声，但肯定有套空气循环系统在运作。

诺侬低语："这里没有别人吗？"

"没有。"哈伦回答。他想让自己的声音坚定洪亮。他想打破所谓"隐藏世纪"的魔咒，不过话到嘴边，又变成一句细语。

他都不知道该怎么称呼这么遥远的未来世纪。难道要叫作十一万一千三百九十四世纪吗？通常人们都会简单而笼统说"十万多世纪"。

操心这种事可够蠢的。在进行了创纪录的纵贯时间的远征之后，虽然心里多少有点得意，但他发现自己身处人类从未踏足的永恒时空分区，孤悬域外的感觉并不太好。他感到有些颤抖，然后情不自禁地为此而羞愧，特别是这脆弱被诺依看在眼里，他就更无地自容了。

诺依说道："这里好干净啊。一粒灰尘都没有。"

"自动清洁系统。"哈伦说。他好像要努力扯着嗓子说话，才能把音量升到正常水准。"不过这里没人。上下几千个世纪，都不会有人。"

诺依似乎接受了这个事实。"所有设施一应俱全？我们还路过了食品仓库和视频图书馆。你看见了吗？"

"我看见了。是的，它非常完善。所有设施都很完善。一应俱全。"

"但为什么呢？如果不会有人过来的话。"

"这个合情合理。"哈伦回答。说说这事倒是能缓解一下阴森的氛围。把他对这个抽象世界了解的知识大声讲出来，好像会把这世界拉回正常轨道。他说："在永恒时空的历史早期，大概300多个世纪的时候，人们发明了大规模物质复制机。你知道这意味着什么吗？只要设定好一个共振力场，能量就会转换成物质，而且即使把所有不确定性都计算在内，新物质的亚原子结构排列也跟样本物质完全一致。这样做的结果就是完美复制。"

"我们征用了这个发明，在永恒时空中大规模使用。那时候，整个永恒时空里一共才建立起六七百个分区。当然了，我们也有持续扩张的计划，当时的口号是'一个物理年建造十个分区'。大规模复制机的出现，使那些计划统统没了用武之地。我们只要建造一个新的时空分区，为它装配上完善的食物供给和供水设施，以及所有最高级的自动化设施，然后设定好机器，让永恒时空内每个世纪的分区都复制一个。我不知道他们到底向未来复制了多少个世纪的分区——可能几百万个吧。"

"全都像这样吗，安德鲁？"

"完全一样。只要永恒时空向前拓展，我们就会用新的分区跟进，还会按照当时世纪的习惯修改建筑风格。只有在碰上那些能量主导世纪的时候，我们才会有点头疼。我们——我们永恒之人还没有涉足到这个分区。"（不月告诉她，永恒之人也无法穿越屏障，探知隐藏世纪内一般时空里人们的生活，告诉她能有什么用呢？）

他看了她一眼，她的表情还有些困惑。他赶紧说："建造这些分区不会浪费什么。唯一消耗的只有能量，而能量来自于新星……"

她打断他的话。"不是这个，我只是不记得了。"

"不记得什么？"

"你说大规模复制机是300多世纪发明的。但我们在482世纪却没见过这种东西。我也不记得在历史书里提到过任何与它相关的东西。"

哈伦沉吟了一下。尽管她只比他矮不到两英寸，但此刻他突然感到自己形似巨人。她就像一个孩子、一个婴儿，而他则是永恒时空内的半神。他必须教导她，小心翼翼地引导她一步步走近真相。

他说："诺依，亲爱的，我们找个地方坐下来——有些事我要先解释给你听。"

现实并非一成不变、永恒存在，而是可以变来变去的，这个概念恐怕谁也不能面不改色地接受。

在夜深人静的时候，哈伦有时会想起自己最初新手期的日子，想起那时候他斩断自己与故乡世纪和一般时空的心理联系，是多么苦痛的折磨。

一般来说，时空新手要花六个月的时间慢慢接触真相，发现自己已经绝无可能返回故乡。不是永恒时空的法律禁止他们回家，而是他们已经认清那个冷酷的真相——故乡已经不存在，或者说，从来不曾存在过。

新手们会有不同的反应。哈伦记得导师亚罗最终把现实的一切都解释清楚的那天，布奇·赖德烈的脸色骤然苍白憔悴。

那天晚上没有新手能吃得下饭。他们围拢在一起寻求精神上的慰藉，除了赖德烈。他失踪了。他们开着苍白无力的玩笑，装作开怀的样子。

有个同伴声音颤抖疑惑地说："我想我连母亲都没有了。如果我回到95世纪，他们会说：'你是谁？我们不认识你。我们没有任何你的记录。你根本不存在。'"

他们有气无力地笑着，点着头。这些孤独的男孩们，除了永恒时空之外，已经一无所有。

睡前他们找到了赖德烈，他在床上沉睡，呼吸微弱。在他的右手肘内侧，有一个浅淡的红色注射痕迹，很幸运，他们发现了。

他们喊来亚罗，那时候以为赖德烈有可能要永远离开新手队伍了，但小伙子最终还是康复了。一周以后，他又回到自己的座位上。但哈伦知道，那个晚上留下的邪恶印记，永远留在了他的人格中。

而现在哈伦正向诺依·兰本特解释现实的真相。这姑娘的年纪并不比那些新手大多少，而他却要一股脑儿讲出来。他不得不说，他别无选择。她必须要确切无误地知道他们面对的一切，知道她接下来应该怎么做。

　　他跟她讲着。他们坐在一张长会议桌边吃了肉罐头和冷冻水果，喝了牛奶，他就在桌边跟她讲述着一切。

　　他尽可能讲得缓和一些，不过发现好像没太多必要。无论他讲到哪儿，她反应都很快；每次他刚讲到一半，她马上就洞悉全貌。而且最让他吃惊的是，她并没有什么太激烈的反应。她没有恐惧，也没有失去一切的感觉。她只是显得很生气。

　　怒火烧上她的脸庞，让她两颊闪着微微绯红的光芒，这让她那双漆黑的眸子显得更黑亮了。

　　"但这是犯罪啊，"她说，"永恒之人有什么权利这么做？"

　　"都是为了全人类的福祉。"哈伦说。当然了，她没办法真正理解这种意义。一般时空住民的思维总有这样的局限性，哈伦很为她感到遗憾。

　　"是吗？我想那种大规模复制机就从历史里抹去了吧。"

　　"我们留了备份。这个不用担心。我们会留一手的。"

　　"你们是留了一手。但我们呢？我们482世纪的人也该有这机器啊。"她握着两个拳头，微微比画了一下。

　　"拥有那种机器，对你们没有什么好处。瞧你，别太激动，亲爱的，听我说。"他几乎颤抖着伸出手（他得格外小心地碰触她，尽量不要傻乎乎地惹她反感），拉过她的双手，紧紧握住。

　　一开始她还想挣脱，不过最后还是放松下来。她甚至有点发笑。"好吧，继续说吧。小傻瓜，别那么严肃。我又不会怪你。"

"你谁也不能怪。没什么可责怪的。我们做的一切都天经地义。大规模复制机的事就是经典案例。我在学校里学过。如果能复制物质，那么同样也能复制人类。事情会演变得非常棘手。"

"每个时代遇到的问题，不该由本时代自己解决吗？"

"没错，不过我们监视着一般时空的发展，对这件事的前前后后都进行了研究，他们并没有妥善解决这个问题。记住，他们的失败不只会影响到自己，还会影响到以后的整个历史。这就像核战争和造梦机一样，完全不允许发生。科技的发展永远不可能带来十全十美的结局。"

"你怎么那么肯定？"

"我们有计算仪器，诺依。超级计算机阵列，比任何时代的产品都精准得多。它们可以统合亿万种变量，计算出所有可能发生的现实，找到最优方案。"

"又是机器。"她有点轻蔑地说。

哈伦皱皱眉，然后赶紧舒展开。"别这么说。发现生活不像原来以为的那样稳固，你当然会觉得恼火。你和你生活的全部世界，或许在一年之前某个时间节点上就被完全抹去，变成幻影，但那又有什么关系？你有全部的个人记忆，不管记忆里的内容是否真实发生过，你不是都记得吗？你记得你的童年，记得你的父母，不是吗？"

"当然了。"

"那么对你来说，那些事情都是真实经历过的，不是吗？不是吗？我的意思是，你感觉自己经历过没有？"

"我不知道。我得好好想想。如果到了明天世界又被变革掉了，或者说变成幻影，或者随便你叫它什么，那怎么办？"

"那就会出现一个新的现实，一个新的你，带着新的记忆。就好像过去的一切都没有发生过，只有人类的福祉得以再次巩固。"

"听起来不像是什么好事。"

"不过，"哈伦赶紧说，"现在的你不会受到任何变革影响。会有一个新的现实，但你已经身处永恒时空。你不会被变革波及。"

"但你说过变和不变都没什么关系。"诺依沮丧地说，"那你还要这么麻烦地折腾什么？"

哈伦的声音里突然涌起一阵狂热。"因为我想要现在的你。原原本本的你。我不想你有任何改变。一点都不要变。"

他差一点就要脱口说出心中的秘密：在新的现实里，没有了对永恒之人和长生不老的迷信，她永远都不可能再看上他。

她微微蹙眉，扫视四周。"这样的话，我要永远待在这里吗？那可是相当——孤独啊。"

"不会，不会的。别担心。"他激动地说着，紧紧地攥着她的手，让她不禁有点畏缩，"我会查出来，你在新的现实中将要变成什么模样，然后你就可以扮成那样回去，就这样。我会照顾你的。我会提出申请，与你建立正式交欢关系，然后确保你不会受到未来变革的波及。我是时空技师，而且是高水平技师，我知道怎么对付变革。"他又坚毅地加了一句，"而且我还知道一点其他的事。"到此，他便打住话头。

诺依说："这么做可以吗？我是说，你可以把人带进永恒时空，让他们避开变革影响？按照你刚才跟我说的那些来判断，不管怎样，这么做似乎都有点不妥。"

一时间，哈伦感到浑身冰冷畏缩，仿佛被古往今来千万个世纪的庞大虚无所吞噬。一时间，他感到自己被剥离出永恒时空，失去了仅有的家园和唯一的信仰，既不属于永恒时空，又无法进入一般时空；只有那个女人陪在身边，而他早已为她放弃了一切。

他悠悠地说道："是的，这是犯罪。非常严重的罪行，我为此深感羞愧。不过如果有必要的话，我会再做一次，如果还有必要，那么再做千万次。"

"为了我吗，安德鲁？为了我吗？"

他并没有抬起眼帘，迎接她的目光。"不是的，诺依，是为了我自己。我无法忍受失去你的悲痛。"

她说："如果我们被抓到……"

哈伦知道答案。自从在482世纪跟诺依同床共枕那一刻开始，他就知道。但即便如此，他也不敢想象那个疯狂的事实。

他说："我谁都不怕。我有自保的办法。他们想象不到，我已经知道了多少隐情。"

第九章 插曲

在事后看来，接下来的一段日子，美好得如同田园牧歌。

在那几个物理星期内，发生了上百件事，而且那些事如一团乱麻，让他感觉好像过了很久很久。其中最美妙的，当然是和诺依相处那些个片段。正是这些片段，给这段时期内的一切都蒙上一层美妙光芒。

第一件事：

在482世纪，他缓缓地打包所有私人物品：衣服和微缩胶片，最多的还是他钟爱的并且精心包裹的原始时代新闻杂志。他忧心忡忡地仔细监督，确保它们万无一失地被运回575世纪他的永久住所。

当后勤组员把最后一批物品搬进货运时空壶内的时候，芬吉出现在他身边。

芬吉打着万无一失的官腔说道："看来，您要离开了。"他脸上笑容可掬，但嘴唇却刻意地抿着，只露出一点点牙齿的痕迹。他背着双手，粗短的身体在球状的腿脚上来回摇晃。

哈伦没有看他的上司一眼。他只是简单回应："是的，长官。"

芬吉说："我会向高级计算师忒塞尔汇报，详述您在482世纪观测任务中完美无暇的表现。"

哈伦无论如何也憋不出一句阴沉的感谢。他保持了沉默。

芬吉继续说着，声音突然压低。"对于你试图暴力伤害我的行径，我暂时还不准备上报。"尽管脸上还堆着笑容，目光还是那么柔和，但他身上还是流露出一种复仇的快意。

哈伦冷冷地刺了他一眼，说道："随你的便，计算师。"

第二件事：

他回到575世纪，重新安顿下来。

他马上去见忒塞尔。他发现自己看到那个满脸皱纹、一张魔幻世界地精脸的矮个子老头儿时，总是很开心。他甚至觉得，看到忒塞尔用两只熏黄的手指夹着那支白色冒烟小棍，飞快地举到嘴边，都是件很开心的事。

哈伦唤道："计算师。"

忒塞尔正从办公室里走出来，目光空洞地往这边看了一阵，完全没注意到哈伦的存在。他面容憔悴，眼中满是疲惫。

他说："啊，时空技师哈伦。482世纪的工作干完了吗？"

"是的，长官。"

忒塞尔的回应非常奇怪。他看着自己的手表，那表和永恒时空的所有钟表一样，都调在永恒之人的物理时间上，可以同时显示时间和日期。他说："刚刚好，我的小伙子，刚刚好。太棒了，太棒了。"

哈伦感到心里微微一动。如果他还保持着上次见到忒塞尔时的认知，恐怕没办法抓住对方话里隐含的蛛丝马迹。现在他感觉自己已经明白了。忒塞尔肯定是累了，否则他大概不可能说出这么接近泄密的话；要不然就是计算师觉得真相实在高深莫测，无论说得如何贴近要害，也不可能被人猜到。

哈伦非常谨慎地选择词句，尽量让自己的言辞跟忒塞尔刚才的话别扯上任何关系。"我的新手学员怎么样了？"

"很好，很好。"忒塞尔明显心不在焉地说。他飞快地吸了一口手里已经燃短的烟头，舒爽地点点头，匆匆离去。

第三件事：

时空新手。

他看起来年纪大了一些。他向哈伦伸出手，非常老成稳重地说道："很高兴看到你回来，哈伦。"

或许只是因为在从前哈伦的眼中，库珀只是个小学徒的样子，此刻哈伦才会有这么强的反差感，觉得他不仅仅是个普通新手。他现在看起来像是永恒之人手中一件威力无穷的大杀器。在猜到隐情之后，哈伦眼中无法抑制地出现这样的形象。

哈伦尽可能地不显露出这样的感觉。他们现在待在哈伦自己的房间里，时空技师感到周围乳白色的光洁瓷砖表面非常舒适。能从482世纪华丽绚烂的环境中逃脱出来，很令人欣慰。他永远没办法把那种狂放的巴洛克风格跟诺依联系起来，那只能让他想到芬吉。而诺依只能让他联想到一片粉红色的光洁如缎的暮色晨光，而且很奇怪的是，还会想到隐藏世纪分区里那种朴素平实的风格。

仿佛要将这些危险的念头赶紧打住，他匆匆地问道："这么说，库珀，当我不在的这段时间里，他们让你做了些什么？"

库珀笑了，有点不自觉地用一根手指拂过下垂的胡子尖。

"学了更多数学。总是学数学。"

"是吗？我猜，你已经学到很高深的内容了吧。"

"非常高深。"

"学得怎样？"

"目前还好。你知道，开始总是比较容易。我还挺喜欢的。不过现在他们已经在逐渐加码。"

哈伦点点头，感到很满意。他说："时间力场矩阵吗，都是那些东西？"

不过库珀已经兴奋地走向书架那边堆积的书卷，说道："我们还是回到原始时代历史课吧。我有好几个问题呢。"

"关于什么的？"

"23世纪的城市生活。特别是洛杉矶。"

"为什么是洛杉矶呢？"

"那是个非常有趣的城市。你不觉得吗？"

"没错，不过我们还是从21世纪讲起吧。它发展的顶峰是在21世纪。"

"哦，还是讲23世纪吧。"

哈伦说："好吧，都可以。"

他的脸上毫无表情，但如果剥下这层伪装，里面其实凝重坚毅。他那个宏大的、凭直觉而来的猜测，绝不只是猜测。每件事都严丝合缝地指向那个答案。

第四件事：

研究。双重研究。

首先，还是为了他自己。每天他都会睁大眼睛，仔细审阅试塞尔桌上的报告。这些报告涉及各种各样计划中或者建议中的现实变革。因为忒塞尔是全时理事会的委员，所以理事会报告的副本都会送到他的案头，哈伦一份都不敢遗漏。他优先检查了482世纪正在发生的变革。然后他还会在其他所有变革计划中查找漏洞和缺陷，以一名天才专业时空技师的眼光，寻找任何一点点偏离完美现实路径的可能。

按照最严格的条例，这些报告是不能给他看的，但忒塞尔这段时间总是不在办公室，而别人谁也不敢干涉忒塞尔专属时空技师的行动。

这只是他研究的一部分。另一部分工作要到575世纪时空分区的图书分馆中进行。

这是他第一次探索图书馆的其他内容。过去他只会沉溺在记载原始时代历史的分区（其实那部分内容非常缺乏，所以他要查阅的绝大部分内容和原始材料都要追溯到遥远的下时，直到30—40世纪，这是理所当然的）。他还花了更多精力，通读了关于现实变革问题的书架上的所有内容，研究它的原理、技术和历史；这里藏品极其丰富（除了图书总馆，这里的藏品是永恒时空里最丰富的，都是忒塞尔的功劳），他很快就成了这一领域的专家。

现在他又在其他胶卷架前徘徊。这是他第一次（以观测师的眼光）观测与575世纪本身相关联的资料：它的地理结构，这部分受现实变革的影响不大；它的历史，这部分就变动太多；它的社会生态，同样变迁巨大。这里储存的并不是永恒之人中的观测师或者计算师撰写的书籍或报告（那些他早就熟悉了），而是由当时的一般时空住民写就。

这里还保存着575世纪的文学作品，它们让他回忆起以前听说过的那些巨大的争议，关于不同变革路径的种种价值。这些文学巨著被改变了没有？如果被改变了，变成了什么样？从前的历次变革，会影响艺术作品吗？

在这件事情上，对于艺术品的价值能否达成普遍的共识呢？它们的价值可以被约化成定量的数值，输入计算仪器加以评判估值吗？

在这个问题上，有一位叫作奥古斯特·申纳的计算师是忒塞尔的主要对手。忒塞尔一直对这个人及其观点严厉批驳，这倒激起了哈伦的兴趣，读了几篇申纳的论文，发现颇有惊人之处。

申纳曾公开提出一个问题，哈伦现在读来还不免心惊肉跳。他问道，如果一个人被带进永恒时空，而这人从前所在的现实发生了变革，那么在新的现实里，这个人会不会出现？然后他分析了一名永恒之人在一般时空中遇到另一个自己的可能性，并分析了自我知情和不知情的两种情况，分别计算出结果。（这个分析几乎直击了永恒时空中最大的恐惧之一，哈伦读到之后不禁有点颤抖，赶紧草草读完了争论过程。）还有，他还详细地论述了在各种现实变革之中，各种类型的文学和艺术作品的命运。

不过忒塞尔对此不屑一顾。"如果艺术品的价值无法量化，"他曾对哈伦高声回答，"那争论它们还有什么意义？"

哈伦知道，忒塞尔的观点代表了全时理事会的三流观点。

而此刻，哈伦就站在575世纪最伟大的作家——艾力克·林克莱尔——的小说专架前，有些困惑。他数出15种不同的《艾力克全集》，毫无疑问，每一种都来自一个不同的现实。每一种都多少有些差异，这点他能肯定。比如，有一个版本明显比其他的都单薄。他估计，至少有一百个社会学家对此做过研究，分析这些版本差异背后的各个现实的社会背景异同，说不定有些学者还因此声名大噪，赢得学术盛名。

哈伦走过图书馆的厢房，这里收集了各种575世纪现实中诞生的机器设备。哈伦知道，这些机器中有很多已经在一般时空中被抹去，只是作为人类智慧的结晶，原封不动地保存在永恒时空中。人类总是会创造出太多奇技淫巧，最后反噬自身，所以一定要加以限制。这才是最关键的问题。只要有一个物理年的松懈，一般时空中的核技术就会蓬勃发展到极度危险的地步，必须从头抹除。

第五件事：

诺依。

这才是这段插曲时间内，真正重要的部分，也是最光辉美好的部分。

他下了班，库珀也走了以后，通常他会独自吃饭，独自读书，独自入睡，独自等待明日的来临——但这些天里他会直奔时空壶。

这时他就对时空技师在社会中的地位感到全心全意的满足。他从来未曾想到，时空技师这种被孤立被排斥的境遇，竟然也有值得庆幸的时候。

从来没人质疑他使用时空壶的权利，也没人关心他想要上行或者下行去哪儿。没有任何好奇的目光，没有任何善意的援手，没有半句背后的闲话。

他可以随心所欲地去往任何时代、任何地点。

诺依说："你变了，安德鲁。老天啊，你变了。"

他看着她，微笑着说："哪里变了啊，诺依？"

"你在笑呢，不是吗？这是变化之一。你以前从来没照过镜子，见过自己的笑容吗？"

"我不敢照。我只会对镜子里的笑脸说：'我不可能那么开心。我是不是病了，是不是脑子坏了。我肯定是在做白日梦，自己还不知道。'"

诺依靠过来掐了一下他。"疼不疼？"

他轻轻抚摸着她的头发，感受着她柔软乌黑的发丝。

当两人终于分开时，她微微喘息着说："这方面你也变了。你现在的技巧真棒啊。"

"因为我有个好老师。"哈伦刚开口，就突然打住。他害怕这么说，会显得有些不悦的味道，暗示只有阅人无数才能修炼成这么好的老师。

不过她爽朗的笑声显示出她并没有往那方面想。他们一起吃饭，穿着他带来的衣服，她的身体显得柔和温暖。

顺着他的目光，她轻轻地扯了扯裙子的表面，让它更松散地包裹在大腿上。她说，"我希望你别再这么做了，安德鲁。我真的不想你再冒险。"

"没危险的。"他满不在乎地说。

"有危险。别傻了好吗？这里的东西够我用了，我能在这儿好好过日子——直到你把一切都安排好为止。"

"你穿上自己的衣服，摆上自己的装饰品，有什么不应该的？"

"这些东西不值得你冒着被抓的危险，潜回到一般时空我的房子里。要是碰巧在你过去的时候，他们发动了变革怎么办？"

他努力避开这个话题。"他们抓不到我。"然后，他的口气又轻松起来，"再说了，我手腕上的力场发生器会让我一直留在物理时间里，不受变革影响，你明白的。"

诺依叹息。"我不明白。我觉得我永远也不可能把这些事全搞明白。"

"没那么难懂。"哈伦绘声绘色地讲啊讲，诺依闪着一双水灵灵的眼睛听着，也不知道她是真的感兴趣，还是纯粹消遣，或许二者皆有吧。

这是哈伦生命中莫大的进步。他终于有了倾谈的对象，可以向她谈起自己的人生，自己的行为，自己的想法。她好像变成了他身体的一部分，但又与其他部分隔离开，不能用意念来指挥，只能用语言加以沟通；而且还拥有独立的思维，对于他提出的问题，还能给出出乎意料的答案。哈伦心想，这真奇怪，对婚姻这种社会现象观测了那么多年，他竟然忽视了这种关系中最关键的事实。比如，他从前做梦也不会想到，自己会如此迷恋这种田园牧歌式的美妙生活。

她钻进他的臂弯，说道："你的数学研究进行得怎么样了？"

哈伦说："你想亲自看一眼吗？"

"难道你会随身带着？"

"为什么不呢？跨越时空的旅行很费时间，不能白白浪费。你懂的。"

他松开怀抱，从口袋里掏出一个小型显示器，插进胶卷，怜爱地看着她开始阅读。

她很快摇摇头，把显示器还回去。"我从没见过这么多鬼画符。我真希望能看懂你们的共时文。"

"实际上，"哈伦说，"这些鬼画符大部分都不是共时文，其实都是数学符号。"

"但你就能看懂，对吧？"

哈伦虽然万般不愿减弱半点她眼中的盲目崇拜之情，不过还是实话实说："也没有懂太多。不过，我懂的那点数学知识已经够用了。我也不用精通一切，非要单枪匹马在时间之壁上找到一个能通过货运时空壶的缝隙。"

他把显示器扔到空中，然后轻巧地接住，放在一张小桌上。

诺依的目光一直追随着他的动作，哈伦脑海中突然火光一闪。

他说："时间之神啊！你其实一句共时文都看不懂！"

"是啊，当然看不懂。"

"那这个分区的图书馆，对你来说就一点用都没有。我一直没想到这点。你应该读你们482世纪的胶卷才对。"

她赶紧说："不，我不需要。"

他说："我会给你拿来的。"

"真的，我不想要。你去很危险……"

"必须给你拿到！"

这是他最后一次站在诺依482世纪房子与永恒时空之间的无形障壁之前。上次来的时候，他就以为是最后一次了。现在变革即将发生，他并没有告诉诺依。他不愿意让任何人担惊受怕，更不用说是他深爱的女人。

所以他迅速下定决心，再来一次时空旅行。一方面他有逞能的成分。走钢丝一样冒险取回诺依的胶卷书籍，会让他在心爱的女孩面前大出风头；另一方面他心里也蠢蠢欲动，想玩这种虎口脱险的游戏，芬吉就当是那只老虎吧。

而且他也很想再次回到那个宿命的房间，感受令人眷恋的气息。

在时空观测计划书里留出的备用时间里，他曾一次次回到那个房间，在那里游荡，收捡衣服和各种小物件、奇怪的瓶罐，还有诺依梳妆台上的各种工具。那时，他就为那里的气息深深迷醉。

除了毫无声响的物理寂静之外，这里还弥漫着一种有些阴郁的寂静感。哈伦无从猜测，在新的现实中，这里会变成什么样。或许会变成一座乡间的小农舍，或者城市街上的一间普通公寓。他所站立的地方，或许会还原成荒地上的灌木丛。也可能，一切都原封不动。还有，（哈伦几乎不敢想）这里可能住着一个新的诺依，或者，大概也不会。

对哈伦而言，这栋房子已经成了鬼魅，一个还没有死去就徘徊不散的幽灵。因为这栋房子对他意义太重大，所以他看着它即将逝去，心中不免悲痛。

以前的五次行动之中，只有一次，有点响动惊扰了他的潜行。那次他在食物储藏间，正庆幸这个世纪的这个现实中落后老旧的餐饮服务业给他省了大麻烦。他还记得，从前他每天从那些罐装食品中选择三餐，天天都觉得不堪忍受；现在诺依吃到空置时空分区里营养丰富却口味单调的储藏食品，肯定就心满意足了。以前他还老嫌弃他们的时代食谱单调来着，想到这里他不禁大笑。

就在这阵大笑中间，他听见清晰的"砰"的一声。他立刻静止不动。

声音从他身后传来，就在他静止不动的时刻，他首先想到的是破门而入的强盗，这还不算危险；不过他紧接着就想到可能是追踪而来的永恒之人，这才是要命的。

不可能是强盗。这段时空观测计划书所覆盖的全部时间，包括其中的备用时间，都经过仔细审查，是从一般时空无数个类似时间段中精选出来的，就因为这段时间里绝对不会出现任何干扰因素。不过从另一个角度讲，他把诺依从一般时空中拉出来，已经引发了一场微型的现实变革（或许也没那么微型）。

他的心怦怦跳着，强迫自己转过身来。好像他身后的门刚刚被关上了，就差最后一毫米的缝隙，就能严丝合缝，和墙壁融为一体。

他抑制住心里的冲动，没去打开门看看谁在房里。带着诺依的那些物件，他返回永恒时空，待了整整两天，不敢轻举妄动。两天后他才动身去遥远的上时。后来似乎什么事都没发生，他也渐渐把那事忘了。

不过此刻，当他调整好控制器，准备最后一次进入这段时空的时候，他又想到那回的事。可能是因为他想到变革将近，心理压力比较大，所以在控制器的操作上有了一点失误。除此之外，他想不到任何理由。

操作失误没有马上表现出来。时空壶精确地指向正确的房间，哈伦径直走向诺依的书房。

这里的东西他一直就看不惯，胶卷文书设计成这样，简直不可理喻。文书名称的字母都被复杂精细的金银丝花纹缠绕，看起来倒是华美，可惜几乎无法辨认字母。这就是唯美主义胜过实用性的典型例证。

哈伦从架子上随手抽了几卷，忽然有点惊讶。其中一卷的名字居然是《我们时代的社会经济史》。

他从来没想到诺依身上还有这一面。她肯定不蠢，但他从来不曾想到，她居然会关注这么严肃的命题。他有种冲动，想浏览一下这本社会经济史，不过还是作罢。如果他以后想读，可以在482世纪时空分区的图书馆里找到。芬吉肯定在几个月前，就把这本书的内容放进本时空分区的图书馆里了。

他把胶卷放在一边，又把剩下的扫了一遍，从中选了几卷小说，以及几卷非小说的轻松读物。他把这几本书和两个口袋显示器小心地装进背包。

就在这个时候，他又听到房子里有点响动。这回不会错了。这次不是不知何处来的异响。这是笑声，一个男人的笑声。房子里不止他一个人。

他的背包从手里滑脱，掉在地上。他感到头晕目眩，只能想到一件事：他被困住了。

第十章 受困

那一刻，好像是无可避免的结果，像是对他最残酷的嘲讽。他下定决心最后一次进入这段时空，最后一次侮辱一下芬吉，一切都轻车熟路，神不知鬼不觉。然后就在此刻，他被抓住了。

是芬吉的笑声吗？

除了那人，还有谁会追踪他的动向，守株待兔，藏在隔壁的房间里，放声大笑？

那么好吧，他已经一败涂地了吗？正是因为他输得如此彻底，所以这次他也没想再次转身逃走，或者逃回永恒时空。他想直面芬吉。

如果有必要的话，就杀了他。

哈伦走近笑声传来的那扇门，脚步轻柔而坚定，就好像下定决心的谋杀犯。他关掉自动门的信号感应器，手动开门。一点一点，无声无息。

隔壁房间里的男人背对着他。那人身材高大，不可能是芬吉，这让他一触即发的情绪受到干扰。他停住动作，保持观望。

然后，好像压在两人身上的那座大山渐渐地移开，对面那人开始缓缓转身，一点一点地转过来。

哈伦永远没机会等到那人转过来了。只看到那人半个侧脸，他就吓得魂飞魄散，鼓起最后一点残存的力气，退回门后。然后那门就自动无声地闭合上。

哈伦失魂落魄地退后。他用尽所有力气，挣扎着大口呼吸，心脏疯狂而杂乱地跳动，几乎要挣脱胸腔。

哪怕是芬吉、忒塞尔和全时理事会全体成员集体出现在他面前，也不会把他吓成这样。他并不是被什么有形的东西吓破了胆。他真正害怕的，是刚才目睹的一切背后所隐含的事实，那让他有一种本能的厌恶感。

他把那些胶卷书胡乱聚成一堆收起来，连着失败了两次，才重新打开一扇通向永恒时空的门。他走了进去，双腿机械地迈步。他不记得自己是怎么回到575世纪，回到自己的寓所的。他作为时空技师的孤立处境，最近才见到好处，这次又救了他。一路上他只遇到寥寥几个永恒之人，那几个人一见他就自动让路，目光越过他的头顶，不敢往下看。

这是他的运气，因为此刻他根本无法伪装自己那张死人似的脸，根本无法给自己脸上添加半丝血色。不过他们不敢看他，什么都没发现，他感到万分庆幸，不住地感谢一般时空、永恒时空和不管什么时空里的一切神明。

他并没有完全辨认出诺依房间里那人的面容，但对于那人的身份，他却有绝对的确信。

他还记得上一次在房子里听到动静的时候，他，哈伦，正在放声大笑，然后他听到隔壁房间里"砰"的一声，好像有什么东西掉在地上。而这一次，他，哈伦，听到隔壁房间里有人大笑，然后他手里胶卷袋"砰"的一声掉在地上。上一次，他，哈伦，转过身，看见房门正在关上；而这一次，他，哈伦，在那个人转身的时候，关上房门。

他看见了他自己！

在一般时空中的相同的时间节点，几乎相同的位置，他几乎和物理时间上几天以前的自己正面相遇了。他搞错了时空壶的控制数据，设定了一个以前用过的一般时空的时间节点。然后，他，哈伦，就遇到了另一个哈伦。

接下来几天的工作中，他一直被恐惧的阴影笼罩。他咒骂自己的懦弱，但还是于事无补。

应该是前一次操作的时候就埋下隐患，是他自己亲手造成的恶果。上次他下定决心最后一次回到482世纪，进入一般时空的时候，他的操作肯定有点偏差。然后偏差就会渐渐放大。

在他意志消沉的这段时间里，482世纪的变革已经实行了。在过去的两周里，他已经挑拣出三次有瑕疵的现实变革，可供他下手。但现在他在三个变革里挑来拣去，却无法行动。

他选V-5的2456-2781号变革，有一系列的原因。三次变革中，它在最遥远的上时，与482世纪相隔最远。变革中的错误最轻微，但对人类生活的影响却最显著。接下来，他只需要迅速造访2456世纪，用一点威胁手段，就可以查出新的现实中诺依变成了什么样子。

但他最近的遭遇却让他勇气尽失。本来只是一件简单的事，但一点小小的举动都可能成为可怕的反扑，现在他没胆量去做。而且即使他发现诺依在新现实里的样子，然后该怎么办呢？把诺依放进去，做一个女佣、女裁缝、女工或者其他什么的？只能这样。但接下来怎么办呢？那个新的诺依怎么处理呢？新诺依会有丈夫吗？有家庭吗？孩子呢？

以前他没想过这么多。他不让自己去想。"总会有办法的……"

不过现在他没法不想。

所以他一直躲在自己房里，自怨自艾，直到忒塞尔喊他。计算师的声音听起来有点疲惫，也带着疑惑。

"哈伦，你病了吗？库珀跟我说，你连续好几次没给他上课了。"

哈伦努力让自己的脸色恢复正常。"没有，忒塞尔计算师。我只是有点累。"

"好吧，那就没事了，没关系的，孩子。"他的脸上瞬间闪过一丝微笑，又瞬间消失，"你听说了吗，482世纪的变革已经发生了。"

"听说了。"哈伦简单回答。

"芬吉跟我联系过，"忒塞尔说，"还请我转告你，变革非常成功。"

哈伦耸耸肩，注意到忒塞尔的目光正从计算机阵列上移过来，盯在他的身上。他觉得有些不舒服，说道："怎么了，计算师？"

"没事。"忒塞尔说。或许是年龄的重负压低了他的双肩，他看起来有些没来由的悲伤。"我以为你有话要说。"

"没有。"哈伦说，"我没什么要说的。"

"好吧，那么明天早上来计算室，孩子，我有很多话要对你说。"

"是，长官。"哈伦说。在显示面板完全变黑很久以后，他还一动不动地看着。

听起来几乎是示威。芬吉主动联系了忒塞尔，是吗？他还汇报了什么东西，是忒塞尔没有提到的？

不过这种外在的威胁正是他需要的。迎战心理恐惧，就像是陷入流沙而只用一根棍子徒劳反抗。但对抗芬吉又是另一回事。哈伦还记得手里拥有的武器，这些天来，他第一次恢复了自信心。

人总是容易从一个极端倒向另一个极端。哈伦简直就像精神病人一样，风风火火地开始行动。他赶到2456世纪，狠狠地恐吓了社会学家伏伊一通，达到了自己的目的。

他做得非常漂亮，也得到了想要的信息。

他的收获其实比想要的更多，简直多多了。

看来是强大的自信收到了回报。他的老家有句谚语说得好："只要抓紧手里的麻秆儿，它也会成为痛击敌人的铁棍。"

简而言之，诺依在新的现实里完全不存在。没有新的诺依。她能以最自然、最不引人注目的方式回归，要不然就干脆待在永恒时空里不用回去了。现在他要是提出建立交欢关系的申请，别人就没有任何理由拒绝，除非指责他触犯了法律——关于这点，他辩解反驳的话都想好了，无懈可击。

所以他立刻上路，要告诉诺依这个天大的好消息，要好好享受出人意料的胜利的喜悦，特别是在担惊受怕了好几天之后。

就在此时，时空壶突然停住了。

它不是慢了下来；它是停住了。如果这个动作发生在三维空间，这么突然的停顿会把时空壶震成碎片，把哈伦震成肉泥。

现在这种情况下，哈伦只是感到一阵头晕恶心。

当他缓过神来，就赶紧摸到时计前，视野模糊地观察。它的数值定在100000上。

他有点吓到了。这数字也太完美了吧。

他狂掰操纵杆。哪儿出了错呢？

哪儿都没出错，这更让他惊恐不已。时空引擎没有受到任何东西的干扰，它还稳定地保持在上行的状态。哪儿也没短路，所有指示器的指针都保持在黑色的安全刻度范围内。动力也没衰减。显示功耗值的纤细指针清晰地指示，引擎还在稳定地输出动力。

那么，是什么东西让时空壶停了下来？

哈伦细心又缓慢地抓住操纵杆，牢牢握紧。他把它拨到空挡位上，时空引擎的输出功率指针掉到归零的位置。

他把操纵杆往相反的方向上推，引擎再次发动，这次时空计数器上的数字开始顺着世纪线跳动。

下时方向——99983——99972——99959——

哈伦再次抬起操纵杆，拨回上时方向。慢慢地，慢慢地。

读数开始滚动——99985——99993——99997——99999——100000——

完了！到了100000世纪后就再也不动。从太阳新星流转而来的能量以一种不可思议的速度静静地消耗着，却毫无效果。

他再次下行，到更远处。然后再次上行，又停住了。

他咬紧牙关，气喘吁吁。他就像一个囚犯，不停地徒手撞向监牢的铁窗。

十几次徒劳无功的冲撞之后，他最后停住动作，时空壶稳定地停在100000世纪。就这么远了，无法再向前一步。

他要换一座壶！（虽然这个办法恐怕还是徒劳无益。）

在空旷寂静的100000世纪分区，安德鲁·哈伦跳出时空壶，随机选了另外一个钻进去。

一分钟后，他手握操纵杆，眼睛盯着100000的读数，知道自己无法逾越。

他暴怒了！现在！就在此刻！所有事情都在和他作对，突然一切都变成灾祸。他那次进入482世纪时的失误操作带来的恶果，还是没有放过他。

他疯狂地把操纵杆搬到下行位置，推到最大幅度，固定在那里。至少从一个方面来说，他已经无拘无束，想做什么就做什么。他们已经竖起一道屏障，把他和诺依分隔两边，还有比这更残酷的惩罚吗？事已至此，他还有什么可害怕的？

他来到575世纪，跳出时空壶，毫不在意周围的环境，这样不管不顾的姿态，他还是第一次感受到。他径直冲进分区图书馆，没有跟任何人说话，也不管任何人的目光。他直接拿到想要的东西，毫不在意别人有没有注意。这时候他还有什么可顾虑的？

他回到时空壶，再次下行。他非常清楚自己在做什么。经过走廊时，他瞟了一眼墙上的大时钟，估算了标准的物理时间，数了数三班工作制下的物理日期和时刻。芬吉此刻应该就待在自己的寓所里，这再好不过。

抵达482世纪的时候，他感觉自己好像发烧了。他感到口干舌燥，胸口憋闷。不过他最清晰的感觉是衬衫下郑把硬邦邦的武器，他用一只手肘牢牢夹着，贴在身体一边。这才是此刻最重要的感觉。

助理计算师霍比·芬吉抬头看见哈伦，眼中的惊讶慢慢变成担忧。

哈伦静静地盯了他一会儿，等着对方眼中的担忧慢慢浮现，然后再变成恐惧。他缓缓地踱着步子，在芬吉和计算机阵列之间。

芬吉光着膀子。他胸前几乎没有胸毛，胸部肥硕如女人一般，腰上的肥肉也从束紧的腰带周围耷拉下来。

哈伦满意地想，他看起来衣不遮体，斯文扫地。形势比想象中还好。

他把右手伸进衬衫里面，牢牢握住武器手柄。

哈伦说："没人看见我过来，芬吉，别老往门那边看了。没人来救你。你要明白这一点，芬吉，你在跟一个时空技师打交道。你知道这意味着什么吗？"

他声音空洞。芬吉的眼睛里只有担忧，没有恐惧，这让他非常恼火。芬吉甚至还把衬衫扯了过去，一言不发地开始往身上穿。

哈伦继续说："你知道做时空技师有什么好处吗，芬吉？你从来没做过，所以你不知道它有多大好处。它意味着不管你去哪儿、做什么，都不会有人关注。看到你过来，人们都会赶紧把头扭到一边，尽量别看见。他们做得不错。比如说，芬吉，我就能直接走进分区图书馆，自行拿走自己感兴趣的东西，而管理员只会故意忙着整理别的工作，对我视而不见。我可以直接来到482世纪分区生活区的走廊上，所有迎面而来的人都会让到一边，以后还会发誓说从来没见过我。这一切都理所当然。所以你瞧，我可以去任何想去的地方，做任何想做的事。我可以径直走进某个分区助理计算师的私宅，拿着武器逼他告诉我真相，而且不会有任何人来阻止我。"

芬吉第一次开口说话："你手里拿着什么？"

"一件武器，"哈伦把它拿了出来，"你认识吗？"它有一个微光闪烁的喷口，另一头是金属鼓包。

"你要是敢杀我……"芬吉说。

"我不会杀你的，"哈伦说，"最近有次我们见面的时候，你还拿了一把爆破枪。这回不是爆破枪了，它是575世纪从前某个现实的一项发明。或许你对它真的不熟悉，它已经从当前现实中抹去了。因为太残暴。它能把人搞死，但如果低功率使用的话，它只会触发人体神经的痛觉中枢。它被叫作——或者说从前被叫作神经鞭。这玩意儿很管用。这把已经充满了电。我拿自己的一只小指做了实验。"他伸出左手小指，"那感觉真的很不爽呢。"

芬吉不安地抖了一下。"时间之神啊，你到底想干什么？"

"时空竖井中，100000世纪位置上有通行障碍。我希望你把障碍挪开。"

"竖井里有障碍？"

"别装得这么惊讶。昨天你联系了忒塞尔，今天时空通路就被堵上了。我想知道你跟忒塞尔都说了什么，我想知道你们都做了什么，还打算做什么？我以时间之神的名义发誓，计算师，如果你不听话，我会用这个鞭子抽你。如果你不相信，尽管试试吧。"

"现在你听好了，"——芬吉咬字有些模糊，脸上开始露出一点恐惧的苗头，而且还有一点绝望的愤怒，"如果你想知道真相，那我就讲给你听。我们早就知道你和诺依的事。"

哈伦眨眨眼。"我和诺依什么事？"

芬吉说："你以为自己藏得很深吗？"计算师的眼睛紧紧盯着

神经鞭，额头被汗水浸湿，闪闪发亮，"时间之神啊，你观测任务回来之后掩饰不住的兴奋，以及观测期内的所作所为，你以为我们不会察觉吗？我要是连这些都看不出来，还配做计算师吗？我们知道你把诺依带进了永恒时空。我们一开始就知道。你想要真相，这就是真相。"

此刻哈伦不禁鄙视自己的愚蠢。"你们知道？"

"是的。我们知道你把她带进了隐藏世纪。你每次回482世纪为她收集那些奢侈品，我们都知道；别装傻了，你早就背弃了永恒之人的誓言。"

"那你们为什么不阻止我？"哈伦想要揭开自己最后一块遮羞布。

"还想知道更多的真相吗？"随着哈伦情绪受挫，芬吉的勇气开始回升，甚至有心反击了。

"继续讲。"

"那我就告诉你，我从一开始就认为你不是一名合格的永恒之人。你或许是个聪明的观测师，或许还是个利落的时空技师，不过你缺乏永恒之人的基本素质。最近这项工作，我把你招募到这里，就是为了向忒塞尔证明这一点。我想不通，他究竟看上你哪一点。我不只是用那个女孩，诺依，来测试这段时空里的社会现状，我也在测试你。你失败了，跟我事先推测的一样。现在，把武器收起来吧，就是那个鞭子，随便你叫什么，给我离开这儿。"

"所以你当时专门跑到我的房间，"哈伦重重地喘息着，努力保持尊严，却又感到尊严扫地，心智和灵魂都已经冻结僵硬，如同那个被神经鞭扫过的小指，"就是为了刺激我做出后来的事。”

“是，当然了。如果你要我说那么清楚的话，可以说是我引诱你犯罪。我跟你说的都是实话，你的确只可能在当时那种现实中拥有诺依。你作出了选择，付诸行动，却不像一个合格的永恒之人，而像个哭哭啼啼的孩子。我都猜到了。”

“既然这样，我就做到底吧。”哈伦粗声粗气地说，“既然什么都明白了，你也知道我已经没什么可失去。”他把神经鞭的喷口指向芬吉凸出的腰部，恶狠狠地说，“你们把诺依怎么样了？”

“我不知道。”

“别跟我废话。诺依怎么样了？”

“我说了我不知道。”

哈伦握紧神经鞭，压低声音：“先打你的腿。会很痛的。”

“时间之神啊，听着，先别动手！”

“好吧。她怎么样了？”

“别动，听着。截至目前，你做的一切还都只是违纪。你还没有对现实造成实际损害。我了解制度，你目前会受到的惩罚只是降级。如果你杀了我，或者以谋杀的意图伤害到我，你就是在攻击上级。最高会判死刑的。”

哈伦对这种徒劳无益的威胁莞尔一笑。面对目前发生的一切，死亡或许还是一种简单而又有效的解脱。

芬吉显然是读错了这微笑的含义。他赶紧说：“别因为你没见过，就以为永恒时空里没有死刑。我们可知道，计算师都知道。而且，死刑真的执行过。在任何现实中，都有那种尸骨无存的惨烈死亡事故。运载火箭凌空爆炸，航班坠海或者撞山。如果你犯下谋杀罪，就可能会被传送到事故发生几分钟之前，或者几秒钟之前的机舱里。你想想看，这样值得吗？"

哈伦情绪激动地说："如果你只是拖时间等救兵，就别费力气了。我告诉你：我根本就不怕惩罚。而且，我还想要诺依。我现在就要。在新的现实里她不存在，没有新的她出现。没有理由不让我们建立正式交欢关系。"

"那违背了时空技师的原则……"

"还是让全时理事会决定吧，"哈伦说，他的骄傲终于又浮现出来，"而且我不怕他们作出不利的判决，就像我现在敢弄死你一样。我不是普通的时空技师。"

"就因为你是忒塞尔的专属技师？"芬吉的声音里透露出一丝怪异的味道，汗津津的脸上露出仇恨还是得意的神色，或许二者兼有。

哈伦说："理由比这个过硬得多。现在……"

他表情坚毅冷酷，手指按在武器的开关上。

芬吉尖叫："去找理事会。全时理事会，他们早就知道了。如果你真有那么重要……"他痛苦地喘息着。

哈伦的手指犹豫了一下。"什么？"

"你以为这种事我自己就敢做主吗？从头到尾我都向全时理事会汇报过，跟现实变革报告一起。在这儿！这是报告副本！"

"站住，不许动！"

芬吉无视他的命令。他着了魔似的扑进文件堆，一只手指戳着文件存档编码目录，另一只手则在文件堆里翻捡。一条银色的数据带从他的办公桌里吐出来，编码模式用肉眼就能读出。

"你要听声音吗？"芬吉问道。不等对方回答，他就开启了播放器。

哈伦静静地听着。芬吉提交的报告，事无巨细地描述了一切。他详细地报告了哈伦在时空竖井内的一切举动，以哈伦的记忆来判断，没有一点遗漏。

播放完毕之后，芬吉喊道："好了吧？去找理事会。我没有在时空通道里放什么路障，我也根本不知道怎么阻挡时空壶的运动。还有，别以为他们对你的犯罪行动无动于衷。你说我昨天跟忒塞尔联系过。你说得没错，但不是我联系他，而是他主动联系我。所以滚吧，去问忒塞尔，跟他们说你是多么重要的技师。要是你想先攻击我，那就来吧，我咒你不得好死。"

哈伦无法忽视计算师话里实际透露出的狂喜。这时候这家伙肯定以为自己已经大获全胜，即使挨上一鞭子，也是凯旋的象征。

为什么？为什么毁掉哈伦能让他这么高兴呢？难道对于诺依和自己的关系，能让他嫉妒到这种程度？

哈伦不想再探讨这个问题。毕竟事已至此，芬吉的事已经无足轻重。

他把武器收回口袋，转身走出大门，走向最近的时空竖井。

最后还是要面对全时理事会，面对忒塞尔。他倒是不怕他们其中任何一个，加起来也不怕。

经过这个月种种不可思议的事件之后，他对自己不可取代的重要性更深信不疑。理事会甚至是全时理事会本身，为了整个永恒时空的存续，都别无选择，只能在那女孩的事情上跟他妥协。

第十一章 完整的因果链

奔回575世纪之后，时空技师安德鲁·哈伦发现时间已是傍晚。他沿着时空竖井疯狂奔波，不知不觉间已经过了好几个物理小时。他目光空洞地注视着渐渐昏暗的走廊，看着夜色吞没一切。

不过在未曾平息的怒火催动下，他并没有让自己放空太久。他转向了私人住宅区。他可以在计算师住宿的楼层找到忒塞尔的房间，就像他找到芬吉那里一样。他也不怕别人的注目和阻挡。

在忒塞尔的门前（门上的铭牌上清楚地刻着名字），他感到神经鞭的末端依然紧紧地顶着他的胳膊肘。

哈伦粗暴地按下门铃。他用出汗的手掌持续不断地按在门铃上，让蜂鸣声响成一串。他能隐约听到门内的铃声。

他还听到身后传来一阵轻巧的脚步声，却没放在心上。他确信不管那人是谁，肯定会装作没看见他。（喔，全是因为他那玫红色的时空技师徽章！）

不过脚步声停住了，那人说道："哈伦技师？"

哈伦转过身。对方是一位见习计算师，分配到这个分区不久。哈伦心里的怒气又添了几分。这里不是482世纪，在这里他不仅仅是一名普通时空技师，他是忒塞尔的专属技师；而那些年轻的计算师们，个个都盼着讨好巴结伟大的忒塞尔，对他老人家的专属技师也会多几分礼貌。

计算师说："你想见高级计算师忒塞尔吗？"

哈伦烦躁起来，答道："是的，长官。"（这个白痴！我站在别人门前，一个劲儿地按门铃，还能是干什么？难道我想进去买菜吗？）

"恐怕你见不到的。"计算师说。

"我有很重要的事，必须叫醒他。"哈伦说。

"或许吧，"对方回答，"但他出门了。他不在575世纪分区。"

"那他现在在哪儿？"哈伦不耐烦地问。

计算师的瞥视变成一种高傲的注目。"我不知道。"

哈伦说："明天一早我和他还有个重要的会议。"

"我相信。"计算师说，明显带着幸灾乐祸的情绪，一时间哈伦不知道该怎么应对。

计算师继续说，脸上几乎在微笑了："你来得早了一点，是吗？"

"但我必须见他。"

"我保证他明天早上会出现的。"计算师笑容更盛了。

"但——"

计算师已经从哈伦身边走过，还小心地避免与他有任何身体接触，连衣角都不碰到。

哈伦握紧了拳头，又松开。他无助地看着计算师离去，发现自己什么都不能做，只好慢慢离开，几乎下意识地走回自己的房间。

哈伦无法入眠。他告诉自己必须睡一觉。他努力想让自己放松，但必然还是失败了。他的脑海里走马灯一样出现各种琐碎的细节。

首先是诺依。

他热切地认定，他们不敢伤害她。他们不可能在计算清楚对现实的影响之前，就把她送回一般时空，而这种计算会花好几天，甚至几周。还有一种可能，他们或许会做芬吉威胁过他的事，把她传送到一场无法追查的意外事故现场。

这种可能性他并没有认真考虑过。他们不用做得这么激烈，他们不会冒险用这种事惹恼哈伦。(在卧室熄灯后的一片黑暗寂静中，在半睡半醒之间，思维变得纷乱跳跃的时候，哈伦却感到无比坚信，全时理事会不敢惹他这位时空技师不高兴。)

当然，身陷囹圄的女人还可能遭遇其他不幸，特别是一位来自于奢靡世纪的美女……

每次这个念头出现，哈伦总是坚决地压制下去。这似乎是更有可能出现、又比死亡更不可想象的事，他不敢想。

他又想到忒塞尔。

老头子不在575世纪。在本该睡觉的时间里，他跑到哪儿去了？人老了应该更需要睡眠休息。哈伦知道答案：此刻全时理事会肯定正在开会，讨论哈伦和诺依，商量怎么处置这个违背禁律的时空技师。

哈伦嘴角扬起。就算芬吉把他今晚动粗的事也上报了，那也不会对他们的决定有任何影响。他之前的行为已经罪行滔天，不在乎加上这点。而且他不可替代的重要性也不会受到任何损害。

而且哈伦敢肯定，芬吉绝对不会告状。承认自己受到时空技师的威胁而表现怯懦，对一名助理计算师的业绩考评有很坏的影响，芬吉肯定不会那么干。

哈伦一直看重时空技师们的同僚关系，但近年来却几乎不能融入其中。他被破格提拔成为忒塞尔的专属技师，现在又几乎担负起导师的职责，这让他与其他时空技师渐行渐远。不过时空技师们之间本来就缺乏团结传统。为什么会这样呢？

他是不是该在575世纪和482世纪转一转，找其他的时空技师聊聊心事？难道他们之间也要互相避之不及？难道他们必须要接受周围其他人强加在他们身上的孤独命运？

在他心中，既然在诺依的事上，他能逼迫全时理事会作出让步，那他现在还可以加码要价。时空技师要建立他们自己的组织，定期集会——要建立更多友谊——要从他人那里得到更为善意的对待。

他最后的念头是，他自己变成推动社会改革的英雄人物，诺依陪在他身边，然后他就陷入了沉沉的睡眠……

他被门铃声惊醒，铃声已经不耐烦地响了半天。等他昏沉的脑袋清醒了一些，看清楚床边小钟的时候，心里不禁暗骂了一句。

时间之神啊！他最后居然还睡过头了。

他努力从床上够到按钮，然后门上的监视窗就变成了透明的。他不认识窗口的那张脸，不过显然那是一位高层人士。

他打开门，那位佩戴政务官橙色徽章的人士走了进来。

"时空技师哈伦对吗？"

"是的，政务官吗？您找我有何贵干？"

政务官似乎对他这种挑衅似的问题毫无反应。他说："你和高级计算师忒塞尔有约？"

"那又怎样？"

"我来通知你，你迟到了。"

哈伦盯着他问道："就这事？你不是575世纪分区的人，对吗？"

"我属于222分区。"对方机械地回答道，"助理政务官阿巴特·勒姆。我负责联络安排，我没有使用计算机阵列系统向你发送官方通告，是为了避免刺激你的情绪。"

"安排什么？什么刺激？这都是些什么事？听着，我的确和忒塞尔有约，他是我上司。这有什么刺激不刺激的？"

政务官一直僵硬死板的脸上，此刻也掠过一丝惊异。"还没人告诉你吗？"

"告诉我什么？"

"哦，在575世纪分区的此刻，正在举行一场全时理事会小组会议。据我所知，这条消息几个小时之前已经传达到这个地点。"

"他们要召见我？"就在脱口而出的一瞬间，哈伦想，他们当然要召见我。除了我的事，他们还能讨论什么呢？

现在他明白了昨晚上忒塞尔门前，那个见习计算师为什么面露笑意。那计算师肯定知道这次专题讨论会的事，心里还以为这个技师因为能在讨论会上面见忒塞尔，兴奋得睡不着觉，专门跑来忒塞尔门前等着，所以才发笑。还真挺好笑的，哈伦心中不禁有些苦涩。

政务官说："我只是奉命行事，其他的一概不知。"然后他依然带着一点惊讶问，"你一点都没听说吗？"

"时空技师们，"哈伦挖苦道，"都过着穴居生活。"

弑塞尔身边足足坐了五个人！全是高级计算师，资历在35年以上的资深永恒之人。

如果是在六个星期以前，他要是能跟这六位坐在一起，参加这么高规格的午餐会，恐怕会被吓得半死；这六位大佬代表的责任和权力，能把他吓得说不出话来。他们每个人的身高看起来都是他的两倍。

不过现在他们都是他的敌手，或许更糟糕，是他的审判官。他没时间感动，他得想对策。

他们可能还不知道，他已经了解到诺依落在了他们手上。除非芬吉把昨晚见过哈伦的事上报，否则他们就不会知道。不过在今天白昼的光芒下，他更确信，芬吉绝不可能自曝家丑，把自己被一名时空技师吓破胆的丑事公开出来。

因此，为了能更有效利用这点可能的优势，哈伦最好让对方先动，让对方先开第一枪，挑起战事。

他们看起来也不急。餐桌上食材简约，他们隔着餐桌平静地注视着他，仿佛他是一具四肢张开的有趣标本，被反重力力场托举在半空中。哈伦绝望地以目光回击。

对面的每一个人的名字，他都如雷贯耳；每一个人的三维立体形象，他都在永恒时空基础说明的胶片中见过。这些胶片在永恒时空每一个分区里都同步保存，每一名观测师以上级别的永恒之人都必须学习。

奥古斯特·申纳，秃顶的那位（连眉毛和睫毛都没有），毫无疑问是最让哈伦感兴趣的。首先，他的相貌比较奇异，漆黑深邃的眼眸和光秃秃的眼帘与额头形成鲜明的对比，真人形象比三维图像上更惹眼。其次，申纳和忒赛尔之间一向不和，他早有耳闻。最后，申纳不只是盯着他看而已，而且开始以尖利的嗓音抛出一连串问题。

他那些问题大多数没法回答，比如"你第一次对原始时代感兴趣是什么时候？"或者"你觉得学习有价值吗，小伙子？"

最后他似乎安稳地坐回了座位里。他把自己的记录板小心地放进文件输送槽，纤细的手指握拢在面前。（哈伦注意到，他的手背上也没有一根汗毛。）

申纳说："有些事情我一直想知道。或许你能给我讲讲。"

哈伦想：好吧，要开始了。

他大声回答："长官，我尽我所能。"

"永恒时空里有一些人——我不是说所有人，或者很多人"，他扫了一眼忒塞尔疲惫的面容，其他人却微微聚拢过来听，"不过总还是有一些——对时空哲学很感兴趣。或许你能给我讲讲。"

"您是指时空旅行悖论吗，长官？"

"好吧，如果你想用这么华丽的词汇表达的话，是的。不过当然了，不只如此。还有现实的本质问题，现实变革的宏观能量守恒问题，诸如此类。现在我们这些人身处永恒时空，早已知道了时间旅行的奥秘，不会受到这些问题的困扰。但你那些身处原始时代的人们却对时空旅行毫不知情。他们对这些事有什么看法呢？"

忒塞尔的咕哝声从桌子那头飘过来："又给人下套！"

不过申纳没搭理他，继续问道："你能回答我的问题吗，技师？"

哈伦答道："原始时代的人，实际上对时间旅行没什么想法，计算师。"

"觉得时间旅行不可能吗，嗯？"

"我想是这样的。"

"连一点可能性都没猜想过吗？"

"哦，这么说的话，"哈伦不太确定地说，"我相信在一些地摊文学作品中，会有某种程度的猜想。我对这个领域不太熟悉，不过我相信有个主题常常会出现，就是某人会回到过去，杀死自己少年时代的祖父。"

申纳看起来非常满意。"妙！太妙了！如果我们事先假定现实是一成不变的，最起码这个故事就表达了时间旅行的基本悖论，对吗？我敢肯定，你那些原始人，从来就把现实当作恒定不变的。我说得对吗？"

哈伦没有立刻回答。他看不出来这段谈话的目的何在，也不知道申纳的真实动机是什么，这让他有点焦灼。他说道："我没有十足的把握回答您这个问题，长官。我相信，那些人曾经提出过许多猜想，或许包括了现实演化路径可调整，或者平行时空的概念。我没有把握。"

申纳脸色一沉。"我肯定你搞错了。你肯定是被自己学到的现代知识所干扰，最后脑子也糊涂了。不会的，没有时间旅行的实际经验，现实的可变性绝对不会出现在人类的脑海中。比如说，为什么现实会有惯性呢？我们都知道它的确有。对现实发展作出调整的变革行为，必须在程度上达到一定的量级，变革才会真正被触发。即便如此，变革后的现实在演进过程中总还带有一种回归原始路径的倾向。

"比如说，假使575世纪发生了一次变革。现实发展的路径差异度会越来越大，直到某个时间点，比如600世纪。过了这个点，偏差幅度会逐渐减小，直到另一个点，比如650世纪。从这个点以后，前后两个现实不再有任何差异。我们都知道事情就是如此，但我们当中谁知道原因是什么呢？直觉告诉我们，任何现实变革只会让现实演进的路径越走越远，随着时间的推移而无限偏离，但事实却并非如此。

"换个角度来说。我一向听人说，时空技师哈伦是个天才，可以在任何形势下找出最小必要变革的节点。我敢打赌，他自己也说不清楚是如何作出判断和选择的。

"想想原始时代的人们有多么可怜无助。他们不理解现实的真实面目，所以才会担心某个家伙回到过去杀掉自己的祖父。我们换个更简单、也更可能发生的事件吧，假设一个人回到过去，遇到自己……"

哈伦高声问道："一个人遇到自己会怎么样？"

哈伦打断一名计算师的话，是非常失礼的行为。他的音量、语调使得这种冒失的行为更加不成体统，所有人的谴责目光都转到他身上。

申纳冷哼一声，恢复了训练有素的刻意的礼貌声调。他回到了自己被中断的话题，同时又避免直接回答那个粗鲁的问题："这样的现象可以分为以下四种情况。我们可以将物理时间上比较靠前的那个他，称为A；物理时间靠后的他，称为B。第一种情况，A和B谁也没发现对方，或者没有做任何可以明显影响到对方的行动。在这种情况下，他们其实并没有真正的相遇，后果可以忽略不计。

"第二种情况，较晚的那个他，B，看见了A，但A没有看见B。这种情况也不会引起严重的后果。因为B看见A，只不过是看见了他自己早已知道的事，不会引发新的事物。

"第三和第四种情况分别是，A见到了B，但B没看见A，以及A、B相互发现彼此。这两种情况中，真正麻烦的点都在于A看见了B。一个处于较早时间状态的人，看见了未来的自己。他会发现，自己至少可以活到B目前的年纪，做出B目前的举动。而一个人如果知道了自己的未来，哪怕是最粗浅的了解，他也会因为这个认识而做出一些举动，从而改变自己的未来。然后在改变之后的未来中，B不会回到过去与A相见，或者至少不能让A看见B。在新的现实中，过去那个被改变的旧现实就无从出现。A永远不可能见到B。同理，在任何可能导致时空旅行悖论的情况下，现实都会作出调整，避免悖论发生。所以我们可以得出结论，时空旅行悖论是不存在的，永远不会出现。"

申纳看起来对自己的这番论述非常满意，不过忒塞尔站了起来。

忒塞尔说："各位，我相信时间已经差不多了。"

哈伦还没有反应过来，午餐会就这样结束了。六位大佬中的五位起身离席，并向他点头致意，仿佛好奇心得到了满足。其中只有申纳除了点头，还向他伸了伸手，粗声粗气地加了一句"再见，小伙子"。

哈伦一头雾水地看着这些人离开。这场午餐会的目的是什么？最重要的是，为什么会提到一个人遇到自己的事？他们没提一句诺依。他们这次只是为了研究他？把他从头到脚审视一遍，然后交给忒塞尔发落？

忒塞尔回到桌边，桌上的餐具和食物已经被收捡一空。他现在与哈伦单独相处，好像为了强调这一点，他还夹起了一支新的烟卷。

他说："现在要开工了，哈伦。我们有好多事要忙。"

不过哈伦不会再等，也等不下去了。他直接说道："开始之前，我有话要说。"

忒塞尔看起来有点吃惊，眼角的皱纹堆积起来，露出若有所思的样子，手指弹掉了烟头上堆积的烟灰。

他说："想说什么尽管开口，不过先坐下来吧，坐下来，孩子。"

时空技师安德鲁·哈伦并没有就座。他沿着桌边来回踱步，努力压抑着心中奔涌的情绪，好让自己接下来不要张口就激动得胡言乱语。高级计算师拉班·忒塞尔饱经沧桑的脑袋随着他紧张的步伐前后摇动。

哈伦说："过去几周以来，我一直在研究数学史方面的资料，从575世纪好几个不同的现实记录中都找了书来看。哪个现实都无所谓，数学总是一样的，前后演进的顺序也不会变。不管现实怎么改变，数学发展史总是差不多。数学家会变，总是由不同的人发现不同的理论，不过最后结果都一样——不管怎么样，我终归是往自己脑袋里灌注了不少知识。你吃惊吗？"

忒塞尔皱起眉毛，说道："时空技师该把时间花在这种偏门上吗？"

"但我不只是一个普通时空技师。"哈伦说，"你懂的。"

"继续说。"忒塞尔看了一眼自己的手表，还用夹香烟的手指拨动了它几下，露出一点不寻常的紧张味道。

哈伦说："有个名叫维科·马兰松的人，生活在24世纪。你知道的，那还是原始时代。他最著名的事迹，是成功创造出史上第一个时间力场。当然了，这就意味着，他发明了永恒时空。因为永恒时空不过是一个超大型的时间力场，在一般时空各个阶段打通了路径，并且不受任何一段一般时空限制而已。"

"在新手期，这些课程你都学过，孩子。"

"但是没人告诉我，维科·马兰松根本不可能在24世纪发明时间力场。谁都不可能有这样的发明。它的数学理论基础尚不存在。那时，最基本的列斐伏尔方程还没问世；要等到27世纪简·维梅尔的研究成果出现之后，它们才有诞生的可能。"

高级计算师忒塞尔此刻必然处于极度震惊的状态，因为他指间的烟头已经掉落在地，脸上的微笑也消失了。

他说："你学过列斐伏尔方程吗，孩子？"

"没有，我也没说过我能看懂。但它是时间力场的数学理论基础。这个我已经知道了。而且它直到27世纪才问世。这个我也知道。"

忒塞尔弯腰捡起地上的烟头，神色疑惑地注视着它。"如果马兰松误打误撞地发明了时间力场，其实并不通晓其背后数学原理呢？如果它只是试验中碰出来的呢？这种事也不少。"

"我想过这种可能性。但自从力场被创造出来之后，人类花了整整三个世纪才搞清其原理，而且在27世纪的数学突破之前，没有人能以任何方式改进马兰松的力场。这绝不是巧合。从各方各面来看，马兰松的设计中都要用到列斐伏尔方程。要么他学过这个方程，要么他不依靠维梅尔的成就，独自推导出了这个方程，两种可能哪个更靠谱？如果他推出方程，为什么不宣布呢？"

忒塞尔说："你说得好像自己是个数学家一样。谁教你这些知识的？"

"我看了很多胶卷资料。"

"仅此而已？"

"加上自己的思考。"

"在没有受过高等数学训练的前提下？我已经密切观测你好几年了，孩子，但真没想到你还有这样的天赋。继续说。"

"如果没有马兰松发明的时间力场，永恒时空永远不可能问世。而马兰松如果没有学过未来几个世纪以后的数学知识，那他永远不可能发明时间力场。这是疑点之一。而在永恒时空中，我们这个时刻，有一位新手打破了所有规则，被破格选拔成为永恒之人，他既超龄又已婚。现在你们在教他数学知识，以及原始时代社会学知识。这是疑点之二。"

"然后呢？"

"我想你们的目的就是，把他送回一般时空，送回永恒时空起点之前的原始时代，24世纪。你们的目的是，让这位叫作库珀的新手，把列斐伏尔方程教给马兰松。这样说来，"哈伦情绪激动地说，"我作为原始时代专家的身份，我掌握的原始时代知识，就赋予了我非常独特的地位。非常非常独特的地位。"

"时间之神啊！"忒塞尔咕哝了一声。

"我说得对吗，哪儿有问题？有了我的贡献，我们才能构建完整的因果链。要是没有……"他话说一半，戛然而止。

"你说的已经非常接近真相了，"忒塞尔说，"但我敢发誓，没有——"他陷入沉思，仿佛忘记了哈伦和周边的世界。

哈伦马上接口："只是接近真相？那就是真相。"不知道为什么，他无比确信自己的话，除了他非常渴望自己推测成真之外。

忒塞尔说："不对，还差一点。那个新手，库珀，并不是要返回24世纪教给马兰松什么东西。"

"我不信。"

"你一定会相信的。你一定能看到这件事的重要性。我需要你的合作才能完成计划的剩余部分。告诉你吧，哈伦，这条因果链比你推测的还要清晰完整。孩子，比你想的厉害多了。新手布林斯利·谢里丹·库珀就是维科·马兰松本人。"

第十二章 永恒时空的开启

哈伦本不认为忒塞尔在此刻还能说出什么让他震惊的话。他错了。

他说："马兰松，他——"

忒塞尔扔掉手里的烟头，拿出一支新的烟卷，说道："是的，马兰松。你想知道马兰松的简历吗？我告诉你。他生于78世纪，在永恒时空里生活了一段时间，然后死于24世纪。"

忒塞尔瘦小的手掌轻轻搭在哈伦的肘弯，如地精一般皱纹密布的脸上露出往日里常见的微笑。"但这没什么，孩子，物理时间时时刻刻都在流逝，即使我们也无法逃避，我们也不可能完全主宰自己的人生。现在可以跟我去办公室了？"

忒塞尔走在前面，哈伦跟在后面，懵懵懂懂地穿过一扇扇大门和斜坡走廊。

他正在消化这些新的信息，把它们与自己的问题和行动计划结合起来。经过了最初的一阵迷惑之后，他的头脑开始恢复清醒。不管怎么样，这些新的事实只会让他在永恒时空内的地位更重要、更关键、更有价值；他的要求也更可能得到满足，诺依必然会回到他的身边。

诺依！

时间之神啊，他们千万不要伤害她！她简直已是他生命中唯一真实的部分。除了她以外，永恒时空中的一切都如同无谓的幻梦，不值一提。

来到忒塞尔办公室之后，他完全想不起来，自己是如何从餐区走过来的。尽管他四处张望，希望能借助房间里各种摆设家具把自己拉回现实；不过周围的一切看起来依然像是梦境的一部分，毫无意义。

忒塞尔的办公室很整洁，长方形结构，所有物件都是无菌瓷器。一面墙壁上，上上下下，前后前后，都堆满了微型计算单元。它们加在一起，组成了永恒时空里最庞大的私人计算机阵列，而且在史上所有阵列中，也是最大的之一。对面墙壁上，则堆满了胶卷资料，两面墙壁之间则空荡荡如同走廊，只有一张书桌、两把椅子、摄录和投影仪器，以及一件哈伦不认识的奇怪物件。直到忒塞尔把烟头塞了进去，他才发现那是个烟灰缸。

烟头无声地一闪而过，忒塞尔又使出惯用的戏法，凭空又在指间变出一支。

哈伦想，现在要进入重点了。

他抢先开口了，声音有点大，甚至有点粗鲁："482世纪有个姑娘——"

忒塞尔皱皱眉，伸手飞快地一挥，好像要把什么不愉快的东西扫到一边。"我知道，我知道。没人会找她的麻烦，也没人找你。不会有什么事的，包在我身上。"

"你是说——"

"我跟你说，你那点事我都知道。如果你一直在为它烦恼，那么以后就不用烦了。"

哈伦盯着老头子，目瞪口呆。尽管他知道自己腰杆已经粗得没边了，但对方答应得这么爽快，还是始料未及。

不过忒塞尔又开口了。

"我再给你讲个故事吧，"他说道，口气像是给一个刚入门的新手上课，"以前我一直还以为没必要跟你讲，或许现在讲也不一定合适。不过你自己的探索精神和洞察力，配得上听这个故事。"

他有些揶揄似的看着哈伦，继续说："你瞧，到现在我还有点不敢相信，你居然能自己摸索出事情的真相。"

他接着说："那个在绝大多数永恒之人记忆中都叫作维科·马兰松的男人，死后留下了一本人生记录。那本子既不算是标准的日记，又不完全像自传。它更像是一本指导手册，留给未来的永恒之人去读，他知道他们必将出现。它被放在一个时间密封盒里，只有永恒时空里的计算师才能打开，所以在他死后三个世纪内都原封未动，直到永恒时空建立，高级计算师亨利·万德斯曼，第一位伟大的永恒之人亲手开启。这份文件被当作最高机密，在高级计算师手中代代传承，直到最后传到我的手上。它被视为马兰松的回忆录。

"回忆录中记述了一个叫作布林斯利·谢里丹·库珀的人，生于78世纪，在23岁的年纪，结婚不满一年、未有子嗣的情况下，被征召入永恒时空，成为时空新手。

"进入永恒时空之后，库珀在一个名叫拉班·忒塞尔的计算师手下学习数学知识，还有一名叫作安德鲁·哈伦的时空技师教授他原始时代社会学知识。两门知识打下牢固基础之后，再加上一点时空工程学方面的知识积累，他随后被送回24世纪，向一位名叫维科·马兰松的原始时代科学家传授特定的技术。

"到达24世纪以后，他首先开始缓慢地适应当时社会。在这方面，时空技师哈伦的训练起到了重要作用，忒塞尔计算师详细的建议也助益不少。计算师好像对他即将面临的问题有着惊人的预见性。

"过了两年以后，库珀找到了维科·马兰松，一位隐匿在加利福尼亚原始森林中的隐士，无亲无友，对别人也很不友好，不过胆量超群，思维不拘常规。库珀渐渐和他交上朋友，开始教授他必要的数学知识。

"随着时间的推移，库珀适应了对方的习惯，学会了就地取材。当地没有通电，但他利用一台笨重的柴油发电机就带动了许多电器。

"不过进展还是非常缓慢，库珀发现自己不是个好老师。马兰松越来越孤僻，越来越不肯合作，最后终于掉到山沟里摔死了，就在他们住的那片山林中，死得非常突然。库珀懊恼了好几个礼拜，感到毕生事业毁于一旦，永恒时空的未来也毁在他手里。最后他终于下定决心，开始绝望地反击。他没有上报马兰松的死讯，反而开始慢慢摸索着，利用手头的材料，建造一个时间力场。

"细节不用多说。他历经艰辛，也在运气的帮助下，终于成功了。他把力场发生器带到加利福尼亚科技大学，比他估计的历史上真正的马兰松这么做要早上一年。

"你以前上课的时候学过这段历史。你知道他一开始受到了多少质疑和冷眼，他曾受人监视，也曾到处逃避，他的力场发生器几乎遗失，后来他在快餐店里受到一位好人的帮助，他连对方的名字都不知道，当然了，那人现在已经是名垂永恒时空青史的英雄。最后他得到机会，在津巴利斯特教授面前展示实验，让一只小白鼠在时间轴上前后移动。这些不用我细说了。

"在这段时间，库珀一直用着维科·马兰松的名字，这让他有了一个当时年代下的人生阅历背景，看起来更像是24世纪的本地人。真实的马兰松的尸体，一直都没人找到。

"在他余生中，都一直珍爱着那台力场发生器，并与一起工作的科学家们复制生产。他不敢做得更多了。他不能跨越三个世界的数学发展历程，教他们列斐伏尔方程。他不能，也不敢透露半点自己的真实身份。他只能根据以前学到的历史，亦步亦趋地模仿真实的维科·马兰松的举动。

"他的同僚们常常感到很懊恼，因为他可以造出这么神奇的机器，却解释不出原理。他自己也很懊恼，因为他早就知道手头的工作快不得半步，只能一点点引向简·维梅尔的经典方程。直到那时，永恒时空才能得以建立。

"直到库珀生命即将走到尽头之时，望着太平洋上的落日——他在回忆录里描述了这个场景——他终于发现了这个惊天的秘密：他就是维科·马兰松；他并不是替身，而是本人。那个名字本来不属于他，但历史教科书上叫马兰松的那个人，就是布林斯利·谢里丹·库珀。

"这个念头让他如梦初醒，顿时洞悉了背后的意义，为了让建造永恒时空的历程更快、更顺利也更安全，他写下这本回忆录，把它封存在自己家客厅里的一个时间密封盒里。

"因果链就这样建立起来。库珀，即马兰松撰写这本回忆录的动机，我们当然可以不予理会。库珀必须原原本本地走完自己的生命历程，就像历史中记述的那样。原始时代不容任何篡改。在当前这个物理时间中，你认识的那个库珀还不知道将来等待着他的是什么。他还以为自己会返回过去，教授马兰松必要的知识，然后再回来。他会一直秉承这样的想法，直到岁月告诉他一切，然后他会开始写下这本回忆录。

"在一般时空的演进中切入这条因果链，是为了抢在科学自然进化之前，建立时空旅行的基础知识，教给先人现实的真实意义，帮助他们建造永恒时空。如果没有这一步，人类在知晓时空的秘密之前，就会过早攀升到科技树其他分支的危险高度，带来自我毁灭的可怕结局。"

哈伦聚精会神地听着，沉迷于时空因果链的强大和完整。它仿佛有生命一样，会穿越永恒时空，自我完善。这一刻，他几乎都忘记了一直萦绕在心头的诺依。

他问道："这么说，你早就知道自己将会做什么，知道我会做什么，那本回忆录里都讲过了？"

兀塞尔好像已经深陷在自己讲述的这个故事里，目光穿过烟卷弥散出的蓝色烟雾，凝视着某个地方，然后慢慢地回过神来。他那苍老而睿智的目光又回到哈伦身上，责备似的说："不，当然不是。库珀在永恒时空里驻留的时间，与他写下回忆录的时间隔了几十年。他只能回想起很小一部分事情，而且仅限于他自己亲身经历过的。这个你应该明白。"

兀塞尔叹了口气，一只粗糙的手划过空中的烟雾，将其扰乱成不规则的漩涡。"一切都按部就班地自然运转。首先，我被人发现，选进永恒时空。然后在适当的时刻，成为了一名高级计算师。然后我就得以读到那本回忆录，成为了项目的主管。因为书里说我是主管，所以我当然就被推上主管位置。然后在另一个适当的时刻，在一次变革后的现实中，你出现了——我们曾仔细观察过在其他现实中你的各种形态人格，然后库珀出现。

"我借助自己的常识判断和计算机阵列的帮助，填补了其中的细节工作。比如说，我们在不泄漏机密的前提下，对导师亚罗进行了精心的引导，使他能够激发你对原始时代的兴趣。

"我们非常精心地关照着库珀的成长，确保他不会学到任何回忆录中没有提到的知识。"忒塞尔悲哀地笑了笑，"申纳总是为这事嘲笑我。他说这种做法是倒置因果。先知道结果，再去调整原因。很幸运，我不像申纳那么愤世嫉俗。

"孩子，我很高兴地发现，你是如此出色的观测师和时空技师。回忆录里没有提到你工作的事，因为库珀没有机会接触到你的日常工作，并作出评判。这帮了我的大忙。我可以在其他的普通工作中重用提拔你，却不会引起什么关注。即使最近你到芬吉计算师那里出差，都与回忆录对得上。库珀还记述过，在他数学课业最重的时候，你曾有段时间不在；他还盼着你回来。只有一次，你把我吓坏了。"

哈伦马上问道："是我带库珀进时空壶那次吗？"

"你怎么猜到的？"忒塞尔问道。

"那次你真的跟我发了脾气。现在想的话，恐怕那次行为与马兰松回忆录中某些地方有矛盾吧。"

"不完全是。只是说，回忆录里没提到时空壶。在我看来，这种永恒时空中最重要的设备没有在他回忆录里出现，说明他搭乘的经验很少，所以我一直尽可能地避免让他接触到时空壶。你带他去往上时的行动让我非常恼火，不过后来也没有引发什么严重的后果。事情依然按部就班地发展着，所以我就没追究。"

老迈的计算师缓缓地搓着两只手，注视着年轻的时空技师，目光里混杂着惊讶和好奇。"一直以来你对这件事都有一些猜测，这让我很惊讶。我敢发誓，哪怕是受到全面训练的时空技师，恐怕都不可能作出这么严密的推理，更别说你自己当年学到的东西本来就经过了筛选和限制。以一名时空技师的身份，做出这些事简直不可思议。"他向前倾倾身子，轻轻敲打了一下哈伦的膝盖，"当然了，马兰松回忆录里对你的记述，从库珀离开永恒时空之后就没有了。"

"我能理解，长官。"哈伦说。

"过了那个点，我们就自由了，换句话说，就是想干什么都可以。你已经展现出了惊人的天赋，今后不应该浪费。我想，你应该承担的职责，不能仅限于时空技师。我现在给不了你任何承诺，但我想提拔你到计算师的职位，这应该是很简单的事。"

哈伦丝毫不动声色，这对他来说不难。他早就练过千万遍。

他想，这是贿赂。

不过再也没有什么好推测的事情了。他的疑惑，起源自生命中无比重要的那个晚上，好像毫无缘由地凭空而来，狂野而毫无根据，但后来随着他在图书馆里的研究探索，已经变得清晰坚实。现在忒塞尔讲了这个故事之后，它已经变得确凿无疑。虽然还有一点点偏差——库珀就是马兰松。

这只会增强他的地位，不过这链条非常脆弱，出一点错，就满盘皆输。他必须做到有十足的把握。然后，他就能跟对方摊牌！然后大获全胜！

他不动声色地开口，像是随口一说："我身上的职责可是挺重的啊，现在我连真相都知道了。"

"噢，是吗？"

"这条因果链有多脆弱？比如说万一发生什么意外，我本来该教库珀一些至关重要的东西，哪天我却突然缺席，会怎样？"

"我不明白你的意思。"

（是幻觉吗？他好像看到老头子疲惫的眼中寒光一闪。）

"我是问，这条因果链可能被打破吗？我这么说吧。要是我哪天在行动中撞伤了脑袋，失去了意识，而按照回忆录的记载，我本该安然无恙。如果这样，整个计划会受到干扰吗？或者假设一下，我出于某种原因不想按照回忆录的记述行事，会导致什么结果呢？"

"但你为什么会这么想呢？"

"我这么想合情合理。现在看起来，不管是出于疏忽或者是有意为之，我的行动都可以打破这条因果链，对吗？是不是还能毁掉整个永恒时空？看起来可以。如果我有这么大的影响力，"哈伦镇静地说，"你就应该事先告诉我，好让我谨慎行事，以免一时疏忽铸成大错。尽管我想，你们要说服我乖乖听话，也要费上很大劲呢。"

忒塞尔大笑，不过在哈伦听来，这笑声既空洞又虚假。"这都是学术讨论，我的孩子。既然一切已经发生了，那么它必将如实发生。完整的因果链不可能破坏。"

"有可能，"哈伦说，"那个482世纪的姑娘——"

"她很安全。"忒塞尔说。他紧接着又不耐烦地提高声调说："没有必要无休止地讨论这些问题，我跟负责这项计划的其他委员会成员整天说来说去，早就烦了。还有，我还没告诉你叫你过来听这个故事的最初目的是什么，时间就过去了这么久。你现在要跟我来吗？"

哈伦感到很满意。形势已经明朗，而他的地位无可动摇。忒塞尔知道哈伦随时可以摊牌，只要说一句："我不想再跟库珀有任何瓜葛。"忒塞尔知道，哈伦如果想毁掉永恒时空，只要给库珀提到一点回忆录的事就行。

靠着昨天晚上自己想到的东西，哈伦就足够强势了。忒塞尔今天本来还想吓唬他，以为向他说明任务有多么重要，哈伦就会乖乖就范。计算师要是敢这么想的话，那就大错特错了。

哈伦提到诺依的安全问题，其实就是一种清晰的威胁。而忒塞尔一听到这事就喊"她很安全"。说明他知道这是威胁。

哈伦站起来，跟在忒塞尔身后走了出去。

哈伦从来没来过这个房间。房间很大，看起来好像是把墙壁打通，刻意制造出这么大的空间。他们走过一条狭窄的走廊，穿过走廊尽头的力场屏障，然后等着入口旁的面部识别仪完整扫描过忒塞尔的面容之后，才得以进入房间。

房间里最宽敞的地方有一个球体，从脚下几乎直接顶到天花板。一扇门开了，露出球体内部的四级台阶，后面则是一座灯光明亮的操作平台。

球体内部传来说话声，哈伦看到两条腿迈下台阶。一个人先走了出来，后面又出现两条腿。那是全时理事会的申纳，以及午餐会餐桌边的另一位大佬。

忒塞尔看到他们之后，没露出什么好脸色。不过他的声音却显得很克制："委员会成员们都还在吗？"

"只有我们两个。"申纳随意地回答，"赖斯和我。我们这机器真漂亮啊，精密复杂，跟太空飞船有一比。"

赖斯是个大胖子，脸上露出了一副"永远掌握真理，但这次好像站错了队"的表情。他蹭了蹭自己的鼻子，说道："申纳最近好像迷上了太空飞行。"

申纳的秃头在灯光下熠熠生辉。"真是精美的设计，忒塞尔，"他说，"让我不得不想问你一个问题。在现实推算过程中，太空旅行技术是一项负面或者消极因素吗？"

"这问题没有意义。"忒塞尔不耐烦地说，"你说的是在哪种环境下，哪种社会结构中，哪种太空旅行技术？"

"噢，得了。太空旅行技术总有一些共性吧？"

"唯一的共性是它会自我限制、自我消亡。"

"所以说它是没用的。"申纳满意地说，"所以说它是消极因素。我就是这么看的。"

"随你的便。"忒塞尔说，"库珀马上就要过来。我们得清场。"

"悉听尊便。"申纳勾着赖斯的一只手臂，带他一同离开。一路上，他还在慷慨陈词："每隔一段时期，我亲爱的赖斯，人类总会把自己的全部心力都耗费在太空旅行上，每次又都以失败告终。我甚至想过建立起一套模型来说明这个道理，不过我相信，这点事情你早就看清了。如果人类把心智都用在太空里，肯定就会忽略地球内部事务的发展。我现在正起草一份报告，准备提交理事会，要求在所有现实进程中，把有关太空旅行的一切统统抹去。"

赖斯的高音在走廊里回响。"但你也不用做得那么彻底啊。

太空旅行技术在某些文明中很有价值，也很安全。比如我刚好想到的，在90世纪的54号现实中——"

声音渐渐消散，忒塞尔说："申纳，怪人。单就智商而言，比我俩加起来都强，但他的思维太跳跃，成就受其所累。"

哈伦说："你有没想过他可能是对的？我是说关于太空旅行的事。"

"不见得。如果申纳真的能提交一份报告，我们可以仔细探讨一下。不过他不会的。没等研究明白这个课题，他的心思早就跳到其他地方了。别理他——"他把手掌贴在球体表面，让它轰鸣起来，然后又抽回手，把嘴上叼的烟卷夹在指间。他说："你能猜出这是个什么东西吗，技师？"

哈伦说："看起来像是个特大号的时空壶，带着盖子。"

"完全正确。你说得对，你猜到了。现在我们进去吧。"

哈伦跟着忒塞尔进入球体内部。它足够大，里面可以容下四五个人，但内部设备却一点都没装。地板上空空荡荡，弧形的墙壁上只有两扇舷窗。仅此而已。

"没有操纵设备？"哈伦问道。

"遥控的。"忒塞尔说。他伸手比画着，拂过光滑的墙壁，"双层内壁。舱壁内的整个空间可以形成独立的时间力场。这是一台不依赖时空竖井的时空壶，可以突破永恒时空的极限，下行到原始时代。全靠了马兰松回忆录中的几处极有价值的暗示，我们才能完成它的设计和建造。跟我来。"

控制室安置在空旷房间的一角。哈伦走了进去，在昏暗的光线中，看见一堆操纵杆。

忒塞尔说道："能听见吗，孩子？"

哈伦吓了一跳，四处张望。他刚才没意识到，忒塞尔并没有跟他一起进来。他下意识地冲到窗前，忒塞尔正在朝他挥手。哈伦说："我能听见，长官。你要我出去吗？"

"不用了，你被锁在里面了。"

哈伦立刻奔到门前，肠子都悔青了。忒塞尔说得没错，时间之神啊，这是怎么了？

忒塞尔说："你应该会松一口气了，孩子，你的使命已经结束了。你一直担心自己的责任；你还一直苦苦追寻答案；我想我知道你痛苦的原因。你本不该承担这么沉重的责任，它是我一个人的。很抱歉，我们要把你暂时困在控制室里，因为在马兰松的回忆录里，提到了你在控制室里操作那些操纵杆。库珀会透过窗户看见你，我们要确保一切正常。

"还有，为了符合回忆录的记载，我会请求你完成最后的时空壶操作。如果你觉得这份职责太过于沉重，也没关系，放松就好。另外一个房间里还有一套等效操纵设备，由另外一个人守着，如果你不操作，他就会接手。而且，我会切断你这间控制室的无线电通信。你能听见我们讲话，但你的声音传不出来。你也不用害怕自己的无心之过会毁掉因果链的完成。"

哈伦无助地望向窗外。

忒塞尔继续说："库珀很快就会过来，两个物理小时之内，他就要踏上旅程，前往原始时代。他一走，孩子，项目就结束了，你会重获自由。"

哈伦感到天旋地转，仿佛陷入噩梦的漩涡。忒塞尔骗了他吗？老头子做的一切，难道都是为了在不知不觉间，把他骗进一间控制室锁起来吗？老头子发现哈伦明白了自己的重要地位，就以恶魔一般的狡诈，用言语先把他稳住，一点点给他灌迷药，带着他来来回回地乱跑，最后把他骗进这间控制室，锁起来？

怪不得他在诺侬的事情上那么快、那么轻易就妥协了。她不会受到伤害，忒塞尔说过。一切都没事。

他怎么能相信？如果他们不想伤害她，或者不想打扰她，那为什么还要在时空竖井里100000世纪的位置设置障碍物呢？光是这一点，就彻底反映出忒塞尔的虚伪。

但就是他这个笨蛋，一厢情愿地相信对方，任凭自己在刚才几个物理小时内被领着到处乱转，最后被人关进这间牢房，从此失去利用价值，甚至连完成时空壶操作的权利都被剥夺。

他被一击致命，彻底剥夺了地位。他手里的法宝被人家一举清零，诺侬永远不可能再回到他身边。还有什么其他的惩罚等待着他？都无所谓了。他只知道，诺侬已经一去不回。

他从来没想到，自己长久以来的努力竟会以这样的方式告终。当然，这也是唯一能彻底打垮他的方式。

外面传来忒塞尔低沉的声音："要切断通信了，孩子。"

哈伦孤身一人，感到无比的无助、无比的颓唐……

第十三章 起点之前的年代

布林斯利·库珀走了进来。尽管嘴唇上方覆盖着浓密的马兰松式的胡子，他看起来还是情绪高涨、容光焕发，甚至显得分外年轻。

（哈伦可以隔着窗户看到他，还可以从控制室的无线电里清楚地听到他的声音。他恶狠狠地想：马兰松式的大胡子！当然要这么扮！）

库珀朝忒塞尔大步走来。"他们一直不让我进来，计算师。"

"没错，"忒塞尔说，"他们只是奉命行事。"

"那么说，现在时间到了吗？我现在要出发了？"

"差不多了。"

"我会回来吗？我还能回到永恒时空吗？"尽管腰杆挺得笔直，他的声音里还是流露出一丝不安。

（在控制室里，哈伦紧握双拳捶打着强化玻璃制成的窗户，好像能捶破一样，同时还咆哮着："停下来！满足我的要求，要不然我要……"这又有什么用呢？）

库珀环视四周，明显忘了忒塞尔还没有回答他的问题。他的视线最后落到控制室窗户后面的哈伦身上。

他兴奋地挥挥手："哈伦技师！出来啊，出发前我要跟你握手道别!"

斌塞尔插话:"现在不行,现在不行。他要待在控制室里。"

库珀说:"是吗?你瞧,他看上去状态不太好啊。"

斌塞尔说:"我刚给他讲了计划的全部内幕。我想听了这个故事以后,谁都会紧张的。"

库珀说:"伟大的时间之神啊!的确是的!虽然我好几个星期之前就知道了,可直到现在也没有完全适应。"他的笑声里有点癫狂似的兴奋,"我到现在还是没能完全接受,所有的一切都要看我的表现。我——我有点害怕呢。"

"我知道,这不能怪你。"

"主要是物理反应,你明白的。身体总是反应慢半拍。"

斌塞尔说:"没关系,这很正常,很快就会过去的。还有,你启程的标准时间节点已经设定好,还有一点介绍说明工作要做。比如,你还没见过即将乘坐的时空壶的模样吧。"

在这两个小时里,不管对方的身影是否在眼前,哈伦都能听到他们完整的对话。斌塞尔以一种非常机械死板的方式教给了库珀一些东西,哈伦知道原因。库珀学到的内容,绝对不能超过马兰松回忆录提及的范围。

(完整的因果链啊,因果链。哈伦连力士参孙临死前向神庙的最后一击都做不到——因果链即将闭合,即将闭合。)

"普通的时空壶,"他听到斌塞尔说,"在拉力和推力的共同作用下运动,如果时间旅行的动力也可以这么形容的话。从永恒时空内的X点运动到Y点,起点和终点都可以提供动力。

"我们这里的这个时空壶,则只有起点提供动力,终点是没有动力的。只有推力，没有拉力。因此它的功率级数要比普通时空壶大得多。沿着时空竖井，我们要配备特制的动力转移模块，从太阳新星吸取能量，一路为它补充动力。

"这座特制的时空壶，控制系统和动力设备都非常复杂。我们从不同的现实记录中寻找各种特殊技术，组合在一起，花费了几十个物理年的时间，才造出了这台机器。其中222世纪的第13号现实非常关键。它发展出了时间压缩器，没有这个东西，这座时空壶不可能建成。222世纪的第13号现实。"

他清清楚楚地重复着最后一句话。

（哈伦心想：记住这句话，库珀！记住是222世纪的13号现实，以后你要把它写进马兰松回忆录，后世的永恒之人才能按图索骥，学会了这个技术再回报给你……因果循环，变化莫测……）

忒塞尔说："当然了，我们从来没试过乘这座壶穿过永恒时空的起点，不过它已经沿着永恒时空来回穿梭实验很多次了。我们相信它不会有什么副作用。"

"不会有问题的，是吧？"库珀问道，"我是说，我的确到了那里，要不然马兰松也造不出力场；而历史上，他的确成功了。"

忒塞尔说："完全正确。你会发现自己被送到一处精心保护的荒野地带，位于人烟稀少的美利加合众国西南部……"

"是美利坚。"库珀纠正道。

"好吧，美利坚。时间会在24世纪时段；精确到百分位，则是23.17世纪。我想如果愿意的话，我们甚至可以直接称之为2317年。时空壶如你所见，体积非常大，比时间旅行所需的实际体积还要大。我们正在往里面装载食物、饮水以及各种掩蔽和防护工具。到时候你会有一份详细的指导手册，当然了，除了你之外那里的人都看不懂。我必须再提醒你一次，你抵达目的地之后的第一项工作就是隐藏行踪，在你做好充足准备接触当地居民之前，绝对不能让他们发现你。你会携带一部力场挖掘机，能用它在山体内部挖出一个洞穴，给自己建立一个隐藏点。你需要尽快卸下时空壶内装载的物资，它们会以最便利卸载的方式被装填进去。"

（哈伦想：重复！重复！他以前肯定已经听过这些指导语，但只有不断的重复才能让他记忆深刻，最后写进回忆录，完成循环……）

忒塞尔说："你要在15分钟之内卸载完毕。然后，时空壶会自动返回出发点，把所有超前于当时那个时代的东西都带走。你会有一份这类物品清单。等到时空壶返回之后，一切就靠你自己了。"

库珀说："时空壶要这么快就走吗？"

忒塞尔说："回来得越快，任务成功率就越高。"

（哈伦想：时空壶必须在15分钟内返回，因为它的确是15分钟内返回的。又是循环……）

忒塞尔加快速度说："我们不敢冒险仿制当时的流通货币。你会拿到一些小分量的天然金块矿石。你可以按照详细指导手册的教导，告诉当地人你是怎么得到这些金块的。你会有一些当地人的服饰，或者说至少是符合当地风俗的服饰。"

"明白。"库珀说。

"现在，你要记住。要慢慢开始行动。有必要的话，可以花几个星期慢慢开始。你要从心理上适应那个时代。哈伦技师给你的教导非常有价值，但只有那些还不够。你会有一部无线信号接收设备，按24世纪科技水平制造的。它可以让你了解本地即时信息，更重要的是，让你学习那个时代语言的正确发音和声调。用心去做吧。我确信哈伦的英语知识非常出色，但任何学习都代替不了亲临现场，听到当时人们的发音。"

库珀说："如果我没有出现在正确的地点怎么办？我是说，没到23.17世纪怎么办？"

"你当然要仔细检查。不过不会有差错的。一切都会正常运行。"

（哈伦想：一切都会正常，因为一切已经正常运行了。又是循环……）

库珀看来还是不太信服，因为他听到忒塞尔在说："时间节点定位经过了精心计算，是非常精准的。我本来就要跟你解释一下我们的定位原理，现在正是时候。还有，这也能帮助哈伦理解操纵设备的原理。"

（突然哈伦从窗口转身，目光锁定在那些操纵杆上。本来笼罩全身的绝望感突然被撬动了一条细缝。如果……）

忒塞尔还操着一副谆谆教诲的语调，给库珀传授知识；哈伦也留着一部分注意力在这边，听他讲课。

忒塞尔说："很明显，本次计划最根本的问题在于，使用一份数值给定的能量来推动一个物体，究竟会把它上溯到原始时代的哪个时间点？最直接的办法，就是用这座时空壶把一个人反复送回过去，每次使用精心计算过的、不同等级的能量。但是，这么做的话，那个人每次都要通过天文观测或者无线接收当地信息的方式来确定他身处的年代。这种办法既耗费时间，又难以隐藏。那人可能会被当地居民发现，从而给我们的计划带来未知的风险。

"所以我们选了这样的方案：我们送回过去的，是一块给定质量的放射性同位素，铌-94。它会放射出贝塔射线，变成其稳定同位素钼-94。它的半衰期大约是500个世纪。这块物质的原始放射强度是已知的。根据一级动力学方程，它的放射强度会随着时间推移稳定衰减，当然了，其强度数值可以精确测定。

"当时空壶抵达原始时代的目的地，装有同位素的瓶子会自动投放在山区，时空壶立即返回永恒时空。在瓶子抵达一般时空之后，瓶内的同位素会在将来的时间内持续衰变。在当前575世纪一般时空内的575世纪，而非永恒时空内的575世纪分区，一名时空技师会追踪放射源，找到这个瓶子，并且回收。

"回收之后，我们会测定它的放射强度，它在山里度过的时间长度就可以计算出来，那么时空壶投放瓶子的时间节点也就可以推算出来，精确到10年级别。我们用不同的能量值，把时空壶送回过去十几次，投放了十几只瓶子；同时，我们还建立了一条校正曲线。这条曲线也是由一些瓶装同位素测定数据建立的，但它们不是被送回原始时代，而是被送回永恒时空创立的早期时代。因为这些时代的数值可以直接观测、精确测量。

"当然了，我们也会有失手的时候。最初投放的几个瓶子都遗失了，于是我们知道，投放瓶子的地区，在原始时代和575世纪之间不能有太大的地貌变迁。后来，还是有三个瓶子在575世纪始终没法找到。应该是投放时出了一点差错，它们在山谷间被埋得太深，无法检测到。我们这场实验一直做到目标山区的放射强度太高为止。我们担心某些原始时代居民会检测到放射强度异常，并且怀疑有人为因素作用。但那时我们已经收集到足够的数据，足以把一个人以百分之一世纪的精度送回原始时代。

"这些你都能听明白吗，库珀？"

库珀说："非常明白，忒塞尔计算师。我以前见过那条校正曲线，只是不理解它是做什么用的。现在都清楚了。"

不过哈伦此刻却兴致正浓。他凝视着标示着世纪数值的那条弧线。那条闪光的弧线由金属底座上的瓷质材料构成，刻度细分为世纪、十分之一世纪和百分之一世纪。透过瓷质的细线，银色的金属光泽闪耀，清楚地映衬出刻度的读数。刻度描画得非常精细，哈伦俯身观察，计数器的刻度为17到27世纪的区间。头发丝一样纤细的指针，精确地指在23.17世纪的刻度上。

他从前看过类似的时空计数器，几乎下意识地就把手放在了操纵杆上。操纵杆没有动，指针还停留在原地。

忒塞尔的声音突然传来时，他差点吓得跳起来。

"哈伦技师！"

他赶紧喊道："听到了，计算师。"然后，他才想起来他的声音传不出去。他走到窗边，点点头。

忒塞尔仿佛能读出哈伦的想法，"时空计数器已经设定在23.17世纪了。不需要作任何调整。你唯一的任务就是在恰当的物理时间节点，启动设备，注入能量。计数器旁边有一个倒数计数器。看见了就点点头。"

哈伦点点头。

"它会一直倒数归零。等倒数到负15秒的时候，你把开关合上。就这么简单，知道怎么做吗？"

哈伦又点点头。

忒塞尔继续说："同步性并不是绝对必要的。你也可以在负14或者负13秒启动，甚至负5秒也可以，但为了万无一失，请确保在负10秒之前启动。只要你合上开关，同步力场发生器就会完成剩下的工作，确保在最终时刻启动推力动作。明白了吗？"

哈伦又点点头。他也听出了忒塞尔的弦外之音：如果他没有在负10秒之前做出动作，那个看不见的替身会帮他做的。

哈伦冷冷地想：没必要把这个任务交给外人。

忒塞尔说："现在我们还剩30分钟时间。库珀和我会去检查一下补给装备。"

他们离开了。大门在他们身后关闭，只留下哈伦一个人待在控制室里，倒数计数器在慢慢归零——他毅然下定决心，准备行动。

哈伦离开窗口。他把手伸进口袋，握着里面的神经鞭。这段时间他一直带着这把神经鞭，此时感到手有点抖。

一个先前的念头再度浮现：力士参孙同归于尽的最后一击。

同时，他脑海角落里还浮现出一些杂乱的念头：有几个永恒之人听说过参孙？有几个人知道他是怎么死的？

只剩下25分钟了。他不知道他的行动要花多久时间，甚至不知道有没有用。

但他还有选择的余地吗？他按下按键之前，汗湿的手掌差点让武器滑脱，掉在地上。

他动作迅速，全神贯注。如果他的设想实现，那他自己也很有可能彻底从世上消失，不过这点问题他压根没放在心上，完全不在乎。

时间倒数进入最后一分钟，哈伦站在操纵杆前。

他的情绪非常平静：难道这就是他生命的最后一分钟了吗？

房间里的一切，他都已经视而不见，除了那个标志着倒数计时的红色指针。

最后30秒。

他想，不会有任何痛苦的。又不是死亡。

他努力让自己不去想诺依。

最后15秒。

诺依！

哈伦的左手按住开关，准备将其闭合。不用慌张！

最后12秒。

闭合。力场发生器现在开始运行。倒数计数器归零的那一刹那，推力会喷涌而出。哈伦只剩下最后的操作。同归于尽！

他右手开始做动作。他甚至都没去看这只手。

最后5秒。

诺依！

他的右手还在动——时间到——像痉挛一样。他没有去看它。

一切都消失了吗？

并没有。并没有消失。

哈伦望向窗外。他没有动，时间在流逝，他毫无意识。

房间里一片空旷。那个巨大的带盖时空壶已经消失不见。作为它基座的金属框架，此刻明显地安放在地板上，巨型金属支架突兀地伸向空中，上面空空如也。

忒塞尔瘦小的身影在这硕大且空无一物的房间里显得更加矮

小。他烦躁地来回踱步，是房间内唯一运动的物体。

哈伦盯了他一阵，然后又移开视线。

这时，没有任何声响或者震动，时空壶又突然出现在它刚刚消失的原点。它从过去到现在，往返一次，周围的一切却好像丝毫没受到扰动。

忒塞尔在时空壶后面，哈伦看不见，不过很快他就转了过来，出现在哈伦眼前。他正围着壶绕圈。

他用手轻轻一触，就开启了控制室闭锁的舱门。他冲进来，兴高采烈地大喊："做到了！做到了！我们完成了因果链。"他喘着粗气，说不出话来。

哈伦没回答。

忒塞尔望向窗外，手指紧紧按在玻璃上。哈伦注意到那双布满老人斑的手，正在不住地颤抖。老头子好像已经失去了往日里明辨轻重缓急的能力，只会盯着眼前的事物，魂不守舍。

他疲惫地想，这还有什么关系吗？世上的一切还有什么意义吗？

忒塞尔说（哈伦只是懵懵懂懂地听着）："我要告诉你，虽然我从来不愿意承认，但其实我比谁都焦虑。申纳曾经说过，这一切都是不可能实现的。他坚持认为，会发生什么意外来打破因果链……你怎么了？"

他注意到哈伦口中的喃喃自语。

哈伦摇摇头，勉强说出一句"没什么"。

忒塞尔没继续留意，只是背过身去。不知道他的话是对哈伦说的，还是对空气说的。他好像要把长年压抑的焦虑情绪，通过这些话宣泄出去。

"申纳，"他说，"一直是个怀疑论者。我们不断地向他解释，跟他争辩。我们用数学来分析，提出永恒时空内许多代人花费无数物理年研究的综合成果。他把这些都抛在一边，只会反复提出他那个'自己遇见自己'的悖论。你自己也听他说过。那是他的最爱。

"申纳说过，我们知道自己的未来。比如说我，忒塞尔，知道自己会一直活到库珀返回过去的那一天，即使那时候的自己早已非常苍老。我还知道自己未来的其他一些事，比如会做些什么。

"他会说，这是绝对不可能实现的。现实会自动作出调整，改变我原有的生活轨迹，即使这种改变会导致因果链的断裂，甚至导致永恒时空永远不能建立。

"我也不知道为什么他这么喜欢争辩这事。或许他只是忠实信徒，或许他只是觉得玩这种诡辩术很有意思，或许他只是故意跟我们唱反调，语出惊人。无论他是怎么回事，我们的计划还是不断推进，回忆录中记载的事一件件地实现。比如我们发现了库珀，就在回忆录记载的那个世纪的那个现实中。申纳的论点在这一点上被打败了，不过他毫不在乎。到了那个时候，他的注意力早就转移到其他事情上了。

"不过，不过——"他微微一笑，带着些许尴尬，手指间的烟头已经不知不觉间燃到尽头，几乎烫到他的手指，"你知道我自己也不敢大意。或许真的会出意外，现实或许真的会按照申纳所说，自动做出调整，以防悖论发生，最后导致永恒时空得以建立的那种现实未能出现。有时候，在夜深人静的晚上，我难以入睡，心里几乎相信了这种可怕的可能——不过现在一切都过去了，想起我从前的惶恐，真是自寻烦恼。"

哈伦低声说："申纳计算师是对的。"

忒塞尔转过身来。"你说什么？"

"计划失败了。"哈伦的心情从阴影中走出（为什么，又走到了哪里，他不知道），"因果链没有完成。"

"你在说什么啊？"忒塞尔苍老的双手拍在哈伦的肩膀上，力道惊人，"你的头昏了吧，孩子。压力太大了。"

"没昏，一点都没有。你和我都没昏。时空计数器就在那儿，你自己看看吧。"

"计数器？"计数器的指针指向27世纪，正是仪表盘的右侧尽头。"怎么回事？"老头子脸上的喜悦已经灰飞烟灭，恐惧浮现。

哈伦无动于衷地说："我把闭锁装置熔掉，操纵杆又能用了。"

"你怎么做到……"

"我有一根神经鞭，我把它拆开，把能量调到最大模式，在一瞬间全部释放出来，像火把一样。这就是它烧剩下的部件。"他朝墙角一堆扭曲的金属残片踢了一脚。

忒塞尔没在意那些细节。"27世纪？你的意思是，库珀到了27世纪……"

"我也不知道他去了哪儿。"哈伦沉闷地说，"我把操纵杆推到遥远的下时，比24世纪还要久远的地方。我也不知道那是什么世纪，我没看。然后我把杆又拨了回来，也没看。"

忒塞尔看着他，脸色苍白中带着蜡黄，下嘴唇不住地颤抖着。

"我不知道他现在到了哪里。"哈伦说，"他迷失在原始时代，因果链已经被打破。我还以为当时空壶启动的时候，一切都会终结。就在最后一刻。看来我错了，我们还得等。要等到库珀发现他到达了错误的世纪，做出一些回忆录中没有记载的事，当他——"他突然停住，然后爆发出一阵狂乱的大笑，"有什么关系呢？我们就等着库珀打破因果链就好了。我们没有任何办法阻止他。或许要等几分钟、几小时，或者几天。有什么区别吗？等那一刻到来，早就再也不会有什么永恒时空了。你听到了吗？那将是永恒时空的终结。"

第十四章 过去的罪行

"为什么？为什么？"

忒塞尔无助地看着计数器和时空技师，眼睛和声音里都透出无比的困惑和挫败感。

哈伦抬起头。他只有一个词来回答："诺依！"

忒塞尔说："那个你带进永恒时空的女人？"

哈伦苦笑，没有回答。

忒塞尔说："她跟这一切有什么关系？时间之神啊，我不能理解，孩子。"

"有什么不能理解的？"哈伦的悲伤上又燃起一丝怒火，"为什么现在还要装傻？我有了女朋友。我感到很开心，她也一样，我们不会伤害任何人。在新的现实里，她已经不存在了。我怎么处置她，又有什么关系呢？"

忒塞尔想插话，可惜失败了。

哈伦咆哮道："但永恒时空有它的规矩，是吗？每一条我都知道。交欢关系需要正式申请；交欢关系需要先经过推算；交欢关系需要申请者的地位；交欢关系是见不得人的勾当。当计划结束之后，你们打算怎么处置诺依？把她送进即将爆炸的火箭载人舱？或是更好一点的归宿，送给地位更崇高的计算师们，当大众情妇？我想，现在你们没机会再作什么安排了。"

他的绝望奔涌而出，忒塞尔则飞快地跑到计算机阵列旁边。它的通信器功能刚才已经恢复了。

计算师猛吼了几声，直到里面传来应答的声音。然后他说，"我是忒塞尔。任何人禁止进入此地。任何人都不准，任何人。你明白吗……好，你负责执行。全时理事会委员也不许进来。尤其是他们，绝对不能来。"

他转身面对哈伦，简洁地说："他们会执行我的命令，因为我是理事会最老也最资深的成员，还因为他们觉得我又暴躁又古怪。他们会向我屈服，因为我是个暴躁的怪老头。"然后他陷入了一阵自己的沉思，又说，"你觉得我古怪吗？"他的脸机敏地一仰，在哈伦眼里，看起来像只满脸皱纹的猴子。

哈伦想，时间之神啊，这个人疯了。这次打击把他搞疯了。

他后退了一步，与疯子共处一室显然有点害怕。然后他稳住了。就算这人疯了，毕竟也只是个虚弱的老人，而且不管怎样，一切很快都会结束。

很快？为什么不是马上？永恒时空为什么还没有终结？

忒塞尔手里没有烟，却也没想去摸出一根。他只是平静而讨好似的说："你还没回答我的问题。你觉得我怪吗？我猜你真这么想。太古怪了，没法沟通。如果你把我当朋友，而不是满脑子胡思乱想的怪老头的话，肯定早就跟我开诚布公地说出心中疑惑。如果跟我谈过，你就不会再做出刚才那样的举动。"

哈伦皱眉。原来这人以为哈伦疯了。原来如此！

他生气地说："我的行为是完全正确的。我很清醒。"

忒塞尔说："我跟你说过那女孩没危险。你知道的。"

"我真是个白痴，居然曾经相信你的话。我真是愚蠢，竟然相信全时理事会能公正对待一名时空技师。"

"谁告诉你全时理事会知道你的事？"

"芬吉知道，他还向理事会汇报了。"

"这你又是怎么知道的？"

"我用神经鞭威胁芬吉，从他嘴里撬出来的。鞭子的尖头还是很有效的。"

"就是这个鞭子？"忒塞尔指着计数器上那截被熔掉的握把说。

"是。"

"好忙的鞭子。"他的声音变得严厉起来，"你知道芬吉为什么要把你的事上报理事会，而不是捂在自己手里吗？"

"因为他恨我，想剥夺我所有地位。他想要诺依。"

忒塞尔说："太天真了！如果真想要那个女孩，他早就安排好了。时空技师根本没办法挡他的路。那人恨的是我，孩子。"（他还是没抽烟。一向烟不离手的他，这样看起来有点奇怪。说到最后几个字的时候，被烟油熏黄的手指放在胸口上，看起来光秃秃的。）

"恨你？"

"孩子，这涉及到理事会的政治生态。不是每一个计算师都能进入理事会。芬吉想要这个职位。芬吉是个有野心的人，对这个职位极度渴望。我认为他性格不合适，所以一直拒绝他的申请。时间之神啊，我以前还没想到，我的判断这么正确……你看，孩子。他知道你是我的人，他见到我把担任观测师的你带走，并让你成为了一名优秀的时空技师；他见到你一直帮我工作。他如何才能向我反击，削弱我的影响力。如果他能证明，我的私人技师犯下危害永恒时空的可怕罪行，那他就能顺势打击我。他甚至还能逼我从全时理事会中辞职，然后你想，接下来谁会递补进来？"

他习惯性地把手指放到唇边，指间空无一物，他低着头看。

哈伦想，他想克制自己的情绪，却做不到。他肯定做不到。但为什么他要跟我说这些乱七八糟的？永恒时空都要完蛋了。

然后他又痛苦地想，但为什么现在还不完蛋？现在！

忒塞尔说："前一阵子我让你去芬吉那里执行任务的时候，我也有点担心会出危险。不过马兰松的回忆录里提到，最后一个月里你的确不在，而且没提到任何原因。很幸运，芬吉虽然拙劣，但还是促成了这个情况。"

"什么拙劣？"哈伦疲倦地问。他其实并不是真的在乎，但忒塞尔说个不停，让他觉得配合着听下去，总比堵上耳朵要容易。

忒塞尔说道："芬吉送来的报告标题是《关于时空技师安德鲁·哈伦违反职业操守的行为》。你瞧，他还真像个忠实的永恒之人，看起来冷静客观、不偏不倚。他想让理事会自行判断，然后让大家把怒火对准我。很不幸，他不知道你的真实地位有多重要，他不知道所有关于你的报告都会直接呈送到我手里。除非和马兰松计划有关，否则你的事绝不会出现在其他理事会成员的案头。"

"为什么你从来没和我说过这一点？"

"我能怎么办？我还怕你知道太多内幕，危及计划的运行。我给了你很多机会，让你来找我倾诉心中的问题。"

很多机会？哈伦不敢相信，咧着嘴巴想了片刻，想到了忒塞尔在通信器里的疲惫脸孔，问哈伦是否有话要讲。那是昨天的事，仅仅昨天而已。

哈伦摇摇头，脸扭向一边。

忒塞尔温柔地说："我收到报告，马上就知道他处心积虑想激怒你，逼你做出——某些鲁莽的举动。"

哈伦看着他。"你也知道这回事？"

"你吃惊吗？我知道芬吉一直盯着我的位置。我早就知道了。我是个老人了，孩子，我对这些事心知肚明。我们是有手段对付那些不太老实的计算师的。有些东西来自一般时空内被抹去的现实，但却没有在博物馆里留下备份，只有理事会成员才能接触到。"

于是哈伦痛苦地想到那些放置在100000世纪时空竖井中的障碍物。

"从他的报告和我自己考察到的内容，很容易推测出发生的事态。"

哈伦突然问道："芬吉知不知道你在监视他？"

"他可能知道。这不奇怪。"

哈伦回想起多年以前刚认识芬吉的时候，忒塞尔就对他这个年轻的观测师表露出不同寻常的兴趣。芬吉肯定不知道马兰松计划的事，对忒塞尔的干预也表露出了兴趣。"你见过高级计算师忒塞尔？"他曾经这么问过。回想到这里，哈伦甚至能想起芬吉当时的腔调。至少从那时开始，芬吉就怀疑哈伦是忒塞尔放在他身边的探子。于是他的敌意和憎恨，就从那时候萌生。

忒塞尔还在说："所以如果你来找我……"

"过来找你？"哈伦喊道，"那委员会其他人怎么办？"

"整个委员会里，只有我一个人知道你的事。"

"你没告诉他们？"哈伦故意嘲讽似的说。

"从来没有。"

哈伦觉得自己浑身燥热。他感到身上的衣服仿佛把自己勒得窒息了。这样的噩梦是不是永无休止？真愚蠢啊，这些乱七八糟的谈话！有什么意义？为什么要聊？

为什么永恒时空还没有终结？为什么永恒时空消失之后的空虚寂静还没有波及到他们这里？伟大的时间之神啊，哪儿出了错？

忒塞尔说："你不相信我吗？"

哈伦大喊："为什么我要相信？他们不是都过来围观我吗，不是吗？那个午餐会。如果他们不知道报告的事，为什么要来看我？他们不是要过来看看，那个违反永恒时空法律的怪胎长什么模样吗？虽然还要等上一天才能收拾我。再等上一天，项目就结束了。然后他们就可以制裁我。"

"我的孩子，完全不是这回事。他们想要看看你，仅仅因为他们都是人类。理事会成员也是人类。他们不能亲眼见证时空壶上路的最后一刻，因为在马兰松的回忆录里，那个场景中并没有他们出现。他们不能与库珀直接接触，因为马兰松回忆录里根本没提到过他们这些人。但他们很好奇啊。时间之神啊，孩子，你看出他们很好奇吗？他们唯一能够接触的相关人士，就是你，所以他们把你带来，好好看看。"

"我不相信。"

"这是事实。"

哈伦说："是吗？当我们吃饭的时候，申纳理事还跟我提过一个人回到过去遇到自己的事。他明显知道我曾违法进入482世纪，碰上了我自己。他就是故意嘲笑我，让我难堪。"

忒塞尔说："申纳？你还会在乎申纳？你知道他是多么可怜的家伙吗？他的故乡世纪在803世纪，人类历史上少有的非常古怪的时代，个人形象与传统审美观大相径庭。过了青春期，每个人都要除去一切毛发。

"你知道这在人类历史延续上有什么意义吗？你肯定知道。这会把他们与祖先和后代都区分开。803世纪的人成为永恒之人的几率很小，他们与我们的差异实在太大了。永恒之人本来就少，而申纳则是那些永恒之人中唯一能得到理事会席位的。

"你知道这会对他有什么影响吗？你当然能想到，这会带来多大的不安全感。你以前是否想过，一个理事会成员居然会很不安？申纳不得不在会议上听别人讨论，如何把与他这种外貌相关的现实都抹除。一旦抹除，他就会成为硕果仅存的几个无毛人之一。这种变革，总有一天要完成。

"所以他只好投奔哲学的海洋，寻求安慰。他故意显得咄咄逼人，在言语上占据上风；还要提出一些不寻常的、不被别人理解接受的冷门观点。他那个'遇见自己'的悖论就是个例子。我告诉你，他这么说只是为了给计划泼冷水，而真正的目的则是为了惹恼我。这跟你没关系，一点都没有！"

忒塞尔越说火气越大。在他奔涌的情绪中，他好像忘了他身在何处，忘了他们即将面临怎样的危机。他转过身去，做出了哈伦非常熟悉的举动。一支香烟凭空出现在他的袖口，夹在指间，流畅地点燃。

但他很快又停下动作，转过身，看着哈伦，好像才反应过来哈伦刚才说了什么。

他说："你刚才说什么，你差点遇上自己？"

哈伦简单地回答："你难道不知道吗？"

"不知道。"

他们沉默了片刻，这阵沉默如冷水一样，浇灭了哈伦心中的燥热。

忒塞尔问道："有这种事？你遇到自己怎样了？"

"我没真的碰上。"

忒塞尔没理会。"现实总会做出随机的变异。现实演进有无数种可能，所以在最后一种现实中，你肯定不会遇到自己。假设在马兰松的现实中，因果链会闭合……"

"因果链在无数个现实中，都会闭合吗？"哈伦问道。

"难道只能闭合两次？你以为2是个神奇的数字吗？因果链总会在不同的现实中一次次闭合，但每次都会导致特定的事情发生。就好像你可以用一支铅笔画出无限多的圆圈，但每个圆圈都只能圈住一定的面积。在上个现实的因果链中，你没有遇见你自己。但在这个现实中，由于现实的不确定性，你有可能遇到自己。所以现实会自发调整，在新的现实中避免这种相遇，接下来的演进的方向，则是你没有把库珀送回24世纪……"

哈伦喊道："你在说什么啊？你想说什么？一切都结束了。所有的，一切。现在让我静一静吧。别管我了！"

"我想让你知道，你错了。我想你让你知道，你做了错事。"

"我没错。就算我错了，那我都做完了。"

"但其实它还没完。麻烦你再多听一两句。"忒塞尔耐着性子，极力安抚对方，"你会拥有那个姑娘的。我保证。我依然保

190

证。她不会受到任何伤害，你也不会。这些我都能保证。以我个人的名义。"

哈伦盯着他睁大的眼睛。"但一切都太迟了。这些还有什么用呢？"

"并不太迟。事情并非无法挽回。有你的帮助，我们就还有机会。我必须要得到你的帮助。你必须意识到，自己做了错事。我现在就在努力向你说明这一点。你必须要悔悟，弥补你做出的一切。"

哈伦伸出干燥的舌头，舔舔自己干燥的嘴唇，心想，他疯了。他不肯接受现实——要不然就是理事会真的知道一点别人不知道的东西？

是吗？会吗？难道他们还能撤销变革？

他们能把一般时空的运行停住，或者让时光倒流？

他说："是你把我锁在控制室里，让我无依无靠，逼我做出那些事。"

"你自己说，害怕自己出什么差错；你说自己有可能无法履行职责。"

"我是在威胁你。"

"我没想到，只当字面意思了。这事怪我。我现在需要你的帮助。"

又绕回这里了。哈伦的帮助必不可少。他疯了吗？还是哈伦疯了？在这个时候，疯狂还有意义吗？一切的一切，还有意义吗？

理事会需要他的帮助。为了换取他的帮助，可以给他某种承诺。诺依，还有计算师的职位。他们还有什么不肯答应的吗？一旦他的作用完成，真的能得到那些东西吗？他不会傻到再次上当。

"不可能！"他说。

"你会拥有诺依的。"

"你的意思是，等到危机过去之后，理事会还能为我违反永恒时空的法律？我不会相信的。"他的理智告诉他，危机根本不可能解除。谈这些有什么意义呢？

"理事会不会知道的。"

"那你个人会做犯法的事吗？你是所有永恒之人的完美典范。一旦危机解除，你必然会恪守法律。你绝不会有其他的举动。"

忒塞尔的两颊涨红了。那张老脸上常见的精明强干早已消失不见，只剩下一点怪异的悲哀神色。

"我会遵守对你的承诺，违反法律。"忒塞尔说，"出于一个你无法想象的原因。我不知道在永恒时空消失之前，我们还有多少时间。可能有几个小时，也可能有几个月。为了让你相信我，我已经花费了这么多时间，我也不在乎再多花一点。你愿意听我说吗？求你了。"

哈伦有些迟疑。然后，他心里确定一切已无法挽回，所以疲倦地说："你讲吧。"

我听过很多传说（忒塞尔开始自述），据说我生来就是个老头子；用微型计算机当磨牙棒；即使睡着了，手指还在特制的睡衣口袋里敲打键盘；我的大脑都是由小型力场继电器无限次排列组合而成；我的血液中每个血球都是一个个悬浮的微型时空分析表。

所有这些传说最终都会传到我耳朵里，我觉得自己应该为此骄傲。或许我自己都开始有点相信确有其事。一个老头子居然会信这些鬼话，很奇怪吧，不过这多少让我的生活轻松了一点。

你会惊讶吗？我居然还要想点办法，让自己活得轻松一点。我，高级计算师忒塞尔，全时理事会最高级的成员，居然活得这么辛苦？

或许这就是我为什么抽烟的原因。想不到吧？你了解的，什么事我都要找个原因。永恒时空本质上是个无烟社会，一般时空中的大多数时代也一样。我常常会想到这一点。我有时候会觉得，我这种行为算是对永恒时空的一种反抗。我用它来代替过去某种更为暴烈却失败了的反抗……

不，没关系。掉几滴眼泪对我而言没什么，我没掩饰，真的。只是因为我太久没有想起这件事了。那并不是什么愉快的回忆。

当然，事情和女人有关，就跟你一样。这不是巧合。如果你好好想想，就会发现这简直无可避免。一个人做了永恒之人，就必须抛弃正常的家庭生活，与一大堆清规戒律为伴。他肯定饱受压抑，很容易犯禁。反过来说，这也是那些清规戒律必须严格执行的原因之一。同时，显而易见，永恒之人必然也会以各种天才的方法，时不时钻一下戒律的空子。

我记得我的女人。或许对于我而言，这种记忆很愚蠢。但在我的生命中，关于那段物理时间，除了她之外我什么都不记得。当时的旧同僚，现在只是档案里的一个个名字；我当时主持的变革——除了一个之外——都只是计算机阵列存储池中的一个个条目。但是，关于她的记忆依然那么清晰。或许你能理解这种情结。

我很早就提出了交欢申请；当我得到初级计算师的职位之后，她就被分配到了我身边。她就是这个世纪的人，575世纪。当然了，在她接到命令来到我身边之前，我从未见过她。她很聪明，也很善良。她并不美丽，甚至说不上可爱，不过那时候的我虽然年轻（是的，我也年轻过，别理那些传说），但也从来称不上英俊。她和我，我们个性相投，如果我是一般时空里的普通人，一定会非常骄傲地娶她为妻。这一点我跟她讲过很多次。我相信她听了很开心。我知道，那都是真心话。不是每个拥有女人或者通过计算后得到允许的计算师，都像我这样幸运。

在她生活的那个现实里，她当然会在很年轻的时候去世，也不会再有一个新的她来和我相会。开始的时候，我从理性上接受了这个安排。毕竟，只是因为她的短命，才能有机会来和我相会，同时不至于对现实造成什么影响。

现在我一想起来我曾为她的短命而庆幸，就羞愧难当。只是最初的时候，我曾那么想，只是最初。

我在时空观测任务书所允许的范围内，尽可能多地去看她。我挤出每一分钟的空余时间，必要的时候甚至放弃了吃饭和睡觉的空闲，甚至一有可能，就无耻地扔下手头的工作。她的可爱超出我的想象，我陷入了爱河。我终于鲁钝地意识到这一点。我对于恋爱的认识非常稀少，仅有的一点儿在一般时空观测任务中得来的知识也非常不可靠。所以等我发觉自己的状况，那时候我已经深陷爱河不能自拔。

在获得心灵和身体的双重幸福之后，一个人会不由自主地要求更多。她即将到来的死亡，对我而言不再是一种好处，而变成了灾难。我重新规划了她的人生。我并没有求助于人生规划部门的正规程序，我私自行动了。我想，这比你的所作所为更出格。这已经是轻度犯罪，不过这点罪行跟我日后的行为比起来，不值一提。

是的，这就是我，拉班·忒塞尔，高级计算师。

有三次，物理时间演进中的三次，我对她的人生做了一点微调。当然，我知道这种完全出于私人动机的现实变革，是不可能得到理事会批准的。但是，我仍然感到自己要对她的生死负责。这就是我以后一系列行为的动机。

她怀孕了。虽然我应该采取行动制止，但我没有。我改动了她的人生轨迹，修改了她生命中与我的关系，所以我知道怀孕的几率会变得很高。你可能知道，也可能不知道，一般时空中的女人有时候会意外怀上永恒之人的孩子。这不是什么天方夜谭。不过，既然永恒之人都不能有子嗣，所以这种怀孕状况都会被安全而无痛地处理掉。办法太多了。

按照我规划的她的人生，她会在生产之前死去，所以我对胎儿没有做任何处理。她在怀孕期间非常快乐，我也希望她在幸福中辞世。所以每当她告诉我，她能感到新生命在她体内搏动，我只是努力地微笑，看着她。

不过意外发生了。她生下了孩子……

我早猜到你会露出这种表情。我有了一个孩子，一个真正的我自己的孩子。你恐怕再也找不到第二个永恒之人能说这种话。这已经不是轻度犯罪了，这是重罪。但比起我以后的行为，依然还不够可怕。

我没想到这件事会发生。对于婴儿的诞生和以后的一切，我没有任何经验来处理。

我慌忙间重新检查了人生规划，发现孩子的诞生来自于我以前忽视的某种可能性极低的人生轨迹路径。一个专业的人生规划师肯定不会忽视这种可能，而我则高估了我在这个领域内的专业水平。

但接下来我该怎么办？

我不可能立刻杀掉这个孩子。他妈妈还有两周的生命。我想，至少要让孩子陪母亲度过这两周的时间。两周的幸福时光，并不是什么过分的要求。

一如预期，孩子的母亲去世了，辞世的方式也毫无偏差。我在时空观测计划书允许的最长时间内，都一直坐在她的房间里，沉浸在悲伤中不能自拔。早在一年多以前，我就已经在等待这一天的到来。在我的怀中，是我和她的孩子。

——是的，我让孩子活了下来。为什么你会哭出声来？你也要来谴责我吗？

你永远不会明白，你把自己生命的一部分抱在怀里，是怎样一种感觉。就算如那些传说所言，我的神经系统都是微型计算机阵列，我的血球里都写着时空计划书，但我知道那种感觉。

我让他活了下来。我又犯下了这样的罪行。我把他安置在一个合适的机构内抚养，只要有时间就回去（我定期去看他，甚至为自己的探视安排了严格的物理时间日程表），支付他的抚养费，看着他长大。

两年的时间就这样过去了。我检查了这孩子的人生轨迹（这时候我早就不把犯禁当回事了），欣慰地发现在当前现实中，他受到伤害的几率非常低，大约不到0.01%。孩子学会了走路，也开始牙牙学语。没人教他叫爸爸。不知道那个一般时空中的育儿机构工作人员对我的身份有什么猜测。他们只是收了钱，没对我说过一句过分的话。

然后，又过了两年，有一项针对575世纪的变革申请被提交到全时理事会。那时候我刚被提升为助理计算师，被安排负责此事。这是我第一次全权监督一次变革。

我当然很骄傲，但也有些忧虑。我的儿子是本不属于这个现实的异物，他基本不可能在新的现实中存在。想到他有可能在这场变革中消失，我就感到一阵悲痛。

我全权负责这项变革，应该做得完美无缺。这是我的第一次全责工作。但我还是屈从于自己私心的诱惑。我每次都会屈从，因为这种罪行已经不是第一次了。我是累犯，是惯犯。我在新的现实中，为自己的儿子设计了一条新的人生路径，这我绝对能做到。

在接下来的24小时以内，我不眠不休地坐在办公室里，反复检查刚刚完成的人生规划，希望从中发现一点点错误。

结果它完美无缺。

过了一天，我把自己的私货夹带进变革中，使用大致可行的计算方法，得出了变革任务书（不管怎样，这个现实也不会持续太久）。然后我选择儿子出生三十多年后的一个时间节点，在变革发生之前，进入一般时空。

那时候他已经34岁，跟我当时一般大。我利用对他母亲家族的了解，自我介绍说是一个远房亲戚。他对自己的父亲一无所知，也完全不记得幼年时父亲的探望。

他是一个航空工程师。575世纪中，航空技术非常发达，有五六项技术堪称尖端（目前575世纪现实即是如此），我的儿子是当时社会中的成功人士，生活堪称幸福。他与一个自己非常迷恋的女孩结了婚，不过不会有孩子。在我儿子不存在的上个现实中，那女孩终其一生都不会结婚。我从一开始就知道这些事。我知道这样的安排不会对现实产生显著的危害，否则我也不会安排我儿子活下来。我并不是恣意妄为。

我那天一直和儿子在一起。我和他客气地交谈，对他礼貌地微笑，在时间观测任务书要求的时间内平静地离开。不过在这平静的行为背后，我如饥似渴地观察他，记住他的每个动作，把他的一切都烙在心里。我只想在这个现实里和他一起度过一天，因为等到物理时间上的明日到来之时，这一切都不会存在了。

我也多么希望回到过去，再看一眼我的妻子，趁有她的那个现实还存在，但我已经用完了最后一秒种的时间。我不敢再迈入一般时空，却发现她已无处可寻。

我返回永恒时空，度过了那恐怖的一夜。第二天早上我交出自己的计算报告，以及推荐的变革路径。

忒塞尔的声音低沉下去，渐渐降成一阵呢喃，最后归于沉寂。他佝偻着身体坐在原地，眼睛盯着地面，手指一会儿扣紧，一会儿又放开。

哈伦静静等着老人的下一句话，发现他陷入沉思之后，便清了清嗓子。他觉得自己很同情这个人，即使这老人犯下那么多罪行。他说："就这样了？"

忒塞尔低语："还没有，最悲惨的——最悲惨的——是我儿子在新的现实中依然存在。在新的现实中，他的确存在——作为一个从四岁起就得了小儿麻痹的患者，在床上躺了42年。在这种情况下，我无法为他安排900世纪的神经重建技术来治疗，甚至不能给他安排一次安乐死。

"新的现实依然存在。我的儿子依然躺在这个世纪的某个位置。是我把他弄成这样的。是我的心智和我的计算，给了他这个新的人生；是我的命令启动了那次变革。我为了他和他的母亲，犯下了那么多罪行；但这最后的一次，即使我全程都没有违背永恒之人的誓言，却是我最可怕的罪孽，造就了他这样悲惨的人生。"

哈伦无言以对，没有开口。

忒塞尔说："但你现在可以明白了，我为什么能理解你的处境，为什么愿意让你拥有那个姑娘。它不会伤害永恒时空的运行，而且在某种意义上，可以赎还我的罪行。"

这次哈伦相信了。他已经完全改变了自己的认识，他相信了！

哈伦蹲在地上，头埋在双膝间，紧握的拳头抵着太阳穴。他深埋着头，缓缓地摇晃着，一阵彻头彻尾的绝望情绪淹没了他的全身。

他本来可以挽救永恒时空，挽救他自己，可是他却选择了同归于尽——毁掉了永恒时空，也永远失去了诺依。

第十五章 原始时代的搜寻

忒塞尔摇晃着哈伦的双肩。老人的声音急迫地呼唤着他的名字。

"哈伦！哈伦！看在时间之神的份上，醒醒！"

哈伦从绝望的泥沼中慢慢抬起头来。"我们还能怎么办？"

"至少你不能这样。不要绝望。首先，你要听我说。抛开你时空技师的眼光，要从计算师的视角来看问题。这个视角要复杂得多。每当你改变了一般时空中的某些东西，创造了一个新的现实，那么变革就会立即发生。为什么会这样？"

哈伦颤抖着说："因为你的修改，造成了无可避免的变革吗？"

"是吗？那么你可以回到过去，撤销你自己的变革，不行吗？"

"我想应该可行。但我从来没做过，也没听说别人做过。"

"是的。通常我们没有什么意愿去修改变革，所以一切都会按照既定安排发生。但现在形势不一样了。我们做出了一次错误的修改，你把库珀送回了错误的世纪，而现在我强烈要求撤销这次修改，把库珀带回来。"

"看在时间之神的份上，怎么做？"

"我不太确定，但肯定有办法。如果没办法的话，修改不可撤销，变革肯定已经立即发生了。但变革现在还没有发生。我们依然在马兰松回忆录记载的现实之中。这就意味着那次错误的修改是可以撤销的，而且一定会被纠正。"

"什么？"哈伦的噩梦扩散开来，不停旋转，越来越阴暗，吞没一切。

"肯定有办法，把一般时空中演进的因果链重新连接起来，而我们找到这种方法的几率一定很高。只要我们的现实一直存在，我们就能确定解决办法出现的几率很高。如果在接下来的任何时刻，你或者我作出了错误的选择，让连接因果链的可能性降到一个特定值之下，那么永恒时空就会立刻消失。你能理解吗？"

哈伦不太确定自己能否理解，但他正开动脑筋全力去理解。他慢慢地站起来，走向一把椅子。

"你是说我们找回库珀……"

"然后把他送回正确的地点。是的。找到时空壶把他投送到的位置，然后在他被错误投放的几个物理小时之后，或者最多几个物理日之后，把他弄回来。当然，这等于又做了一次修改，但不会造成整体的变革。现实会受到非常大的动摇，但却不会颠覆。"

"但我们怎么才能找到他呢？"

"我们知道一定有办法，否则在此时此刻，永恒时空早就不存在了。至于怎么找到那个办法，这就是我需要你的原因，为什么我要把你拉回我这一边？你是原始时代的专家，你来告诉我。"

"我做不到。"哈伦咕哝着说。

"你能。"忒塞尔坚持。

突然之间，老头子的声音里再没有一丝苍老或衰弱之气。他的眼中闪烁着勇敢迎战的光芒，挥舞着手里的烟卷，像是挥舞长枪。即使哈伦沉陷在悔恨情绪中不能自拔，仍然能感到忒塞尔的情绪开始高昂，实际上他自己兴奋起来，已经开始享受战斗的激情了。

"我们可以重现当时的情景。"忒塞尔说，"这里就是操纵杆。你站在它面前，等待信号。信号来了，你合上开关，然后同时把操纵杆拨向下时方向。你拨了多长距离？"

"我不知道，我跟你说了。我不知道。"

"你不记得，但你的肌肉记得。站在这儿，手握着操纵杆，你自己抓住。抓住它，孩子。你正在等信号。你心里充满了对我的仇恨。你还恨着理事会。你恨着永恒时空。你的整个身心都被诺依的事占据。重做一遍你当时的动作，找回你当时的感觉。现在我会让计数器重新开始运作。我给你一分钟，孩子，找回你当时的情绪，把它们输回你的丘脑。然后，等最终时刻到了，让你的右手猛掰操纵杆，就像当时一样。然后松开你的手！别往回推了。你准备好了吗？"

"我觉得我做不到。"

"不要这么想——时间之神啊，你别无选择。你还有别的办法找回你的姑娘吗？"

的确没有了。哈伦强迫自己回到操纵杆前，他感到当时的情绪又奔涌而来。他根本不需要强行唤回，只要重复当时的举动，情绪自然就流了回来。计数器上的红针又开始跳动。

他朦朦胧胧地想着，这是我生命的最后一分钟了吗？

最后30秒。

他想，不会有任何痛苦。这不是死亡。

他极力只想着诺依。

最后15秒。

诺依！

哈伦的左手按在开关上。

最后12秒。

合上开关！

他右手开动。

最后五秒。

诺依！

他的右手痉挛似地推动——零！

他立即跳开，气喘吁吁。

忒塞尔立刻上前，凝视着刻度。"20世纪，"他说，"确切地说，是19.38世纪。"

哈伦闷着嗓子说："我不知道。我努力找回当时的感觉，但多少有点不同。我知道自己在干什么，所以动作会受点影响。"

忒塞尔说："我明白，我懂的。或许它根本不对。就把它叫做第一近似值吧。"他停顿了一会儿，做了一番心算，然后又从口袋里抽出一个便携计算器，不过刚拿出半截，就又塞了回去，"以小数点后一位的精度来推算，可以说你有99%的几率把他送到了20世纪的第二个区间内，也就是19.25世纪到19.50世纪之间。对吗？"

"我不知道。"

"好吧，现在你看。如果我作出决定，把搜索范围确定在原始时代的某个固定时段，把其他时段统统排除，但是错了，那么我就会失去闭合因果链的最后机会，永恒时空就会消失。我的这个抉择就成了最关键的节点，也就是造成现实变迁的最小必要变革，所谓M.N.C.。我现在就要作出决定。我在此，明确决定……"

哈伦小心翼翼地环顾四周，好像现实变得脆弱不堪，稍一转头就会让周围的一切灰飞烟灭。

哈伦说："我能充分感到永恒时空的存在。"（忒塞尔的平和态度终于感染到他，他的声音听起来坚定了一些。）

"所以永恒时空依然存在，"忒塞尔不慌不忙地说，"所以我们作出了正确的抉择。现在我们暂时没什么可做的了。先去我的办公室吧，让理事会那些人挤进来参观参观，估计他们会兴高采烈。就他们目前所知，计划已经完美成功。如果失败，他们也没有命知道了。我们也一样。"

忒塞尔一边看着他的烟卷，一边说道："我们面临的问题是：如果库珀发现自己被送到错误的世纪，他会怎么办？"

"我不知道。"

"有一点很清楚。他是个聪明的家伙，足智多谋，充满想象力，你说是不是？"

"对啊，他还是马兰松呢。"

"没错。而且他还担心自己的旅程会出错。他离开之前还说过那么一句：'如果我没有出现在正确的地点怎么办？'你还记得吗？"

"然后呢？"哈伦不知道话题将引向哪里。

"所以他对自己被送错时代有心理准备。他会采取一些行动，试图联系上我们。他会给我们留下一些暗号。记住，他已经做了很久的永恒之人。这一点很重要。"忒塞尔吐出一个完整的烟圈，伸出手指去勾，看着烟雾旋转破裂，"他熟悉各种一般时空中的通信方式。他不会觉得自己被困在一般时空孤立无援，然后放弃挣扎。他知道我们也在找他。"

哈伦说："20世纪还没有时空壶和永恒时空，他怎么和我们建立联系呢？"

"通过你，技师，通过你。他会留下一些信号。你是原始时代的专家。你曾教授他原始时代的知识。他会留下暗号，希望你能辨认出来。"

"什么暗号，计算师？"

忒塞尔凝视着哈伦，老脸上沟壑纵横。"库珀是被刻意送回原始时代的。他身边没有时间力场的保护，所以他的整个人生会交织在一般时空之内，直到你我撤销变革为止。他刻意留给我们的东西、暗号或者信息，也会交织在一般时空中，或为其组成部分。你肯定有一些研究20世纪的特殊资料源，如文件、档案、胶片、物品等等参考资料。我是说你最主要的资料源，直接来自于一般时空的第一手资料。"

"是的。"

"他和你一起研究过吗？"

"有过。"

"你有没有跟他提到，哪些资料是你的最爱？他会不会知道你特别熟悉某种资料，所以他可以在其中留下暗号，供你寻找？"

"我知道你的意思了，当然有。"哈伦说。他表情显得若有所思。

"是吗？"忒塞尔的耐心几乎到了破裂的边缘。

哈伦说："我的新闻杂志，基本可以确定。新闻杂志是20世纪早期特有的一种东西。其中有一种杂志，我几乎收集了全套，从20世纪早期一直到22世纪。"

"很好。现在你想一下，库珀能否利用这种新闻杂志传递一条信息？记住，他知道你肯定会读到那一部分，对那一部分很熟悉，所以你现在已经有了搜索的方向。"

"我不知道。"哈伦摇摇头，"杂志都是人编写的。它的内容会经过筛选，并非什么都可以刊登，而且很大程度上不可预测。如果你想要靠它，刊载一些你自己计划好的内容，是非常难办甚至不可能的。库珀很难制造新闻，并且控制新闻呈现出来的纸面内容。即使库珀能在编辑部谋一个职位，虽然基本不可能，他也很难通过层层编审，把自己想要刊印的字句付诸纸面。我不看好这种办法，计算师。"

忒塞尔说："看在时间之神的份上，开动脑筋！就集中研究新闻杂志。假设你就在20世纪，你就是库珀，设想自己的教育和知识背景。那孩子是你教出来的学生，哈伦。你可以模仿他的思维。现在他要怎么办？他怎么才能在杂志上刊载一些东西，而且是他所想的确切字句？"

哈伦突然睁大眼睛。"广告！"

"什么？"

"广告。一种付费的公告，可以完全按照付费者的要求呈现。库珀曾经和我讨论过这种东西。"

"啊，那就对了。186世纪好像也有类似的东西。"忒塞尔说。

"跟20世纪的不同。20世纪是广告事业的巅峰。当时的文化环境……"

"现在就去翻广告吧，"忒塞尔赶紧打断他的话，"他会用哪种广告？"

"真希望我能知道。"

忒塞尔凝视着自己烟头末端的红光，好像在寻求灵感，"他不可能直接说出来。他不可能说：'我是来自于78世纪的库珀，此刻在20世纪呼唤永恒时空……'"

"你怎么能确定？"

"因为那不可能！告诉20世纪的人一些不属于他们那个时代的信息，会损害马兰松计划的因果链，也会影响到我们目前的状态。既然我们还站在这里，那么他在当前所处的一般现实年代中，终其一生也没有做出那么破坏力巨大的事情。"

"除此之外，"哈伦发现忒塞尔玩这种循环推理的思辨游戏毫不费力，但他自己决定放弃了，"新闻杂志也不会答应刊载那些自己无法理解的疯狂广告。那些东西看起来像包含了欺诈或者其他违法内容，杂志不愿意牵连其中。所以库珀也不可能刊载标准共时文。"

"那应该是某种精心策划的内容，"忒塞尔说，"他会以某种曲折的方式表达。他会刊载某种广告，在原始时代的人眼中看起来很普通。非常普通！但我们带着目标主动搜索的话，却看起来非常显眼。非常显眼。只要眼角一扫，就会发现在无数条信息中与众不同的那条。它会有多大呢，哈伦？那些广告刊载费用贵吗？"

"我相信，会非常昂贵。"

"库珀的钱也要省着用。再说了，他也要避免引起不必要的注意，所以不管怎样，它会比较小。你猜一下，哈伦，它会有多大？"

哈伦用手比画了一下。"半个栏位？"

"栏位？"

"那是印刷杂志，你懂的。印在纸上。印刷的内容都以为栏位来分隔。"

"哦，明白了。我现在几乎分不出文本和胶卷的区别……不管怎样，我们已经有了初步的推断。我们必须寻找那些占据了半个栏位的广告，只要扫一眼，就能发现刊载广告的人来自于另外的年代，当然是上时，而且在当时那个年代的人眼中，它又是一条非常普通的广告。"

哈伦说："如果我找不到怎么办？"

"你会找到的。永恒时空依然存在，对吧。只要它继续存在，即说明我们走在了正确的道路上。告诉我，你以前和库珀在一起的时候，有没有见过这样一个广告？一条曾经让你震惊的广告，即使就震惊了片刻，因为它的怪异、奇妙、不同寻常什么的，或者故意出了什么错？"

"没见过。"

"我不需要你这么快回答。先想五分钟再说。"

"没用的。我跟他讨论杂志的时候，他又没去过20世纪。"

"拜托了，孩子。用用你的脑子。把库珀送回20世纪，已经引发了一次现实的修改。既然变革并未发生，说明它不是一次无法撤销的修改。不过这件事情还是会引发一点微量变革，在推算过程中通常标记为小写的c。就在库珀被送到20世纪的瞬间，某期特定杂志上就该出现那则广告。在你翻到那本杂志的那一页，看到那则广告的时候，你所在的现实也会经历一次微量变革，因为在上一个现实中，你翻到那一页的时候，并没有那则广告的存在。你理解吗？"

哈伦又被绕晕了。忒塞尔总能在时空逻辑的迷宫中轻而易举地直取捷径，跨越所谓"时空悖论"，哈伦可不行。他摇摇头说："我想不起来任何这类的事。"

"好吧，那你把这类资料都存在什么地方？"

"我在二层有一间特别图书室，用库珀的权限开的。"

"很好，"忒塞尔说，"我们过去看看。走吧！"

在图书室里，哈伦眼看着忒塞尔目光扫过那些古老书册，并抽了一本下来。那些书册太古老了，易碎的纸张只能通过一些特殊手段保护才能流传至今，而现在却在忒塞尔粗手粗脚的翻动下哗哗作响。

哈伦不禁抽搐了一下。要是在别的时候，他早就命令忒塞尔放下他的宝贝书册，不管对方是高级计算师还是什么。

老头子扫过那些褶皱的页面，无声地试读了几个古老的单词。"这就是语言学家们老说的英语，对吗？"他戳着一页，问道。

"是，英语。"哈伦低声咕哝。

忒塞尔放回书册。"又重又笨。"

哈伦耸耸肩。确切地说，永恒时空建立以来的大多数世纪，记录资料都用胶卷。极少数的年代里采用了分子记录仪。不过，纸质印刷的确是闻所未闻的东西。

他说："书籍不像胶卷，不需要那么多技术含量。"

忒塞尔蹭着自己的脸颊。"好吧，我们能开始了吗？"

他从书架上又抽出一本，随便翻开，聚精会神地开始研究，看起来有些怪异。

哈伦想，这家伙以为乱枪打鸟也能行吗？

说不定他猜对了老头子的心思。当忒塞尔抬起头，碰上哈伦审视的目光，不由得红了脸，把书插了回去。

哈伦拿出19.25世纪的第一本杂志，开始一页页翻动。翻书的时候，只有他的右手和眼睛在动，身体其他部分则姿势固定，一动不动。

好像过了一万年之后，哈伦站起身，咕哝了一声，换了另一本杂志。要是在往常的时候，他该去休息一下，喝杯咖啡、吃个三明治或者干点其他什么。

哈伦闷声闷气地说："你不用在这里干等。"

忒塞尔说："我妨碍到你了吗？"

"没有。"

"那我就等着吧。"忒塞尔低声说。从始至终，他都在书架间游荡，无助地看着一排排书脊。有好几次，烟头燃尽烧到他的手指，他都没发觉。

第一个物理日结束了。

当晚他们睡得很少，质量也不高。第二天早上，在翻阅两册杂志的空隙时间，忒塞尔慢吞吞地哂着最后一口咖啡说道："从前我曾想过，为什么我没有放弃计算师的职位，就在我犯下……你懂的。"

哈伦点点头。

"我真的快放弃了，"老头子继续说，"真的。有好几个物理月的时间，我一直都沉浸在悔恨当中，绝望地祈求变革不要降临到我头上。我天天叨念，都快发疯了。我甚至开始怀疑变革这种行为的正当性。可笑吧，这种愚蠢的情绪居然会一直影响着你。

"你了解原始时代的历史，哈伦。你知道那时候是什么样的。那个年代的现实只有一个，只会遵循着最大的几率盲目演进。如果最大几率现实中包含一次瘟疫，或者几十个世纪的奴隶制度，或者科技的崩溃，或者甚至一次——一次——让我们想想，什么才是最可怕的——甚至一次核战争，如果科技水平达到的话，那么这些可怕的事就会真的发生。没有什么办法可以阻止。

"但如果有了永恒时空的存在，那些事就不会发生。从28世纪以后，那样的事情再也没有发生过。时间之神啊，我们已经成功地大幅提升了现实的幸福度，使其达到原始时代人们无法想象的水平；如果没有永恒时空的帮助，人类想自然实现这种程度的幸福生活，可能性几乎为零。"

哈伦羞愧地想，他到底想干什么？让我的心理负担更重？我已经在尽力补救了。

忒塞尔说："如果我们失去了现在这个机会，那么永恒时空就会消失，甚至可能从全部现实中都消失。而人类历史会单线演进，不管走了哪条路径，最终的结局都殊途同归，走向核战争和人类的毁灭。"

哈伦说："我最好开始查下一本。"

再一次休息的时候，忒塞尔无助地说："看起来你的工作量真的很大。有没有什么比较快的办法？"

哈伦说："只要你能找到办法，我都能干。我自己看来，唯一的办法就是一页页翻过去，每一栏都看一眼。我怎么才能加快速度呢？"

他细心地翻过书页。

"终于，"哈伦说，"我的视线已经模糊，说明是该睡觉了。"

第二天过去了。

在标准物理时间第三天上午的10点22分，哈伦表情奇异地盯着一页，平静地说："找到了。"

忒塞尔一时没反应过来。他问道："什么？"

哈伦抬起头，脸上写满了震惊。"你知道，我本来不相信这种可能的。时间之神啊，我其实从来没有相信过，即使你有一万个理由，让我把目标锁定在新闻杂志，锁定在广告上。"

忒塞尔现在明白了。"你找到了！"

他三步并作两步，奔向哈伦手中的书册，颤抖的双手去抓他的书页。

哈伦躲开他的双手，一把将书页合上。"稍等。即使我指给你看，你也看不出来。"

"你在干什么？"忒塞尔尖叫，"别把线索丢了！"

"丢不了。我知道它在哪页。不过首先……"

"首先什么？"

哈伦说："还有一件事要先做，计算师忒塞尔。你说我能得到诺依。带我去找她，让我亲眼看见她。"

忒塞尔盯着哈伦，稀疏的白发几乎满天飞舞。"你在开什么玩笑？"

"没开玩笑。"哈伦厉声说道，"我没有开玩笑。你向我保证你会作出安排的——难道你是信口开河？我会和诺依在一起的。你承诺过。"

"是啊，我承诺过。没问题啊。"

"那把她带过来吧，要安然无恙，没受一点伤害。"

"可是我不明白你的意思，她又不在我手里。没人关着她啊。她还待在遥远的上时，芬吉报告里说的地方。没人去伤害她。伟大的时间之神啊，我说了她很安全。"

哈伦盯着面前的老头子，神色紧张。他压着嗓子说："别跟我玩文字游戏。好吧，她的确还在未来的分区，但那又有什么用？赶快把100000世纪那个障碍物挪开——"

"你说什么？"

"那个障碍物，挡住时空壶的那个。"

"你从来没提过这东西。"忒塞尔快发疯了。

"我没提过吗？"哈伦诧异地问道。他真没提过？他总是在想着那东西啊。难道他真的没提过一个字？他想不起来了。不过他马上又严厉起来。

他说："好吧。我现在提到了。把它挪开吧。"

"但你说的是不可能的。有个障碍物把时空壶挡住了？时空屏障？"

"你是说你没放过那种东西？"

"没有。时间之神啊，我发誓没有。"

"那——那——"哈伦脸色苍白，"那就是理事会放的。他们早就知道了内情，瞒着你做的……那么我以时间之神和所有现实的名义发誓，他们就算翻遍了所有广告也找不到线索，找不到库珀，马兰松和永恒时空的一切都会永远消失。他们会失去一切。一切都会消失。"

"等等，等等。"忒塞尔绝望地拽着哈伦的胳膊，"别失控。想想，孩子，好好想想。理事会也没有放什么障碍物。"

"但那里的确有障碍。"

"但他们不可能放置这种障碍物。没人能做到。从理论上讲是不可能的。"

"是你不知道而已。那里的确有东西。"

"我知道的比全时理事会其他人都多，而你说的那种东西是不可能存在的。"

"但的确有。"

"但如果它……"

哈伦此刻已经完全回过神来，从忒塞尔的眼中，他读出一种凄惨的恐惧。那种恐惧，比老头子第一次听到库珀被送错时代，发现永恒时空即将终结之时，还要来得更加深邃绝望。

第十六章 隐藏的世纪

安德鲁·哈伦出神地看着面前工作中的人群。他们谦和有礼地忽视了他的存在，因为他是时空技师。通常情况下，他也会以不太礼貌的姿态无视他们的存在，因为他们只是一群后勤永恒之人。不过现在他却一直在观察他们，而且在他苦涩的心中，甚至有点羡慕他们的生活。

他们只是隶属于跨时空运输部门的一些服务人员，身穿卡其色制服，肩章是黑底红箭，箭头有两支。他们使用复杂的力场装备检测时空壶的引擎，以及时空竖井中冗余度指数。哈伦猜想，这些人对时空工程学的理论知识所知甚少，但对时空工程设备的操作却十分精通。

哈伦在新手时期，也没学过多少设备维修保养的知识。或者更准确地说，他也并不想学。只有考核不达标的新手才会被分配到后勤组。进入所谓"未细分专业"（委婉的说法），其实就是失败者的标志，大多数新手并不想落到这种田地。

不过现在，哈伦观察着这些永恒之人的工作，他们似乎干得宁静自得，无忧无虑，开心快乐。

为什么不呢？他们与时空专家——也就是所谓"真正的永恒之人"——相比，人数多得多，大概是后者的十倍。他们有自己的圈子、自己专属的居住楼层、自己的生活乐趣。他们每天的工作时数非常固定，工作内容也没有什么压力，不用加班。他们拥有时空专家所没有的充足时间，可以自如地欣赏那些来自于无数个现实的文学作品和影视戏剧。

其实归根到底，他们的人生才比较完整。与后勤永恒之人简单而甜蜜的人生相比，时空专家的人生总是匆匆而过，总受外界左右，过于牵强刻意。

后勤永恒之人才是永恒时空的基础。奇怪的是，这么浅显的道理，他以前居然从来没想到。他们管理着从一般时空输送而来的食物和水，负责垃圾的倾倒处理，维持电站的运行。他们维护着永恒时空所有机器设备，使其顺利运行。如果时空专家们突然遭到某种打击而全体灭亡，后勤永恒之人则可以毫无障碍地让永恒时空运行如常。但如果后勤永恒之人都消失了，时空专家们用不了几天就得放弃永恒时空，否则只能死在里面。

后勤永恒之人是否会怨恨失去了自己的故乡？会不会痛恨这种无妻无子的生活？终身免于贫穷和疾病，享受着现实变革带来的好处，是不是能抵消他们失去的一切？在任何重要的事情上，有人关心过他们的想法和意见吗？哈伦感到一些社会改革的火花在胸中燃起。

高级计算师忒塞尔健步如飞地走来，打断了哈伦的思绪。他看起来比一小时前离开时更加精神抖擞，那时候后勤永恒之人已经开始忙活了。

哈伦想，他的精神头可真足，怎么做到的？他可是老人家了。

忒塞尔鹰一般锐利的眼神扫过四周，周围众人下意识地立正，以示尊敬。

他问道："时空竖井怎么样了？"

一个后勤永恒之人回答："一切正常，长官。通道已经清空，力场网络建立完毕。"

"全部都检查过了？"

"是，长官。一直检查到了本部门负责区段的最远上时。"

忒塞尔说："那就走吧。"

这句突兀的话，代表了不容质疑的解散命令。他们恭敬地鞠躬，转身，迅速撤离。

现在忒塞尔和哈伦单独待在时空通道里。

忒塞尔转向他："你待在这里就好，这是请求。"

哈伦摇摇头。"我必须去。"

忒塞尔说："你肯定能想到。如果我出了什么事，你依然知道怎样找到库珀。如果你出了事，我和其他全体永恒之人加起来能派上什么用场？"

哈伦又摇头。

忒塞尔往嘴里塞上了一支烟。他说："申纳已经起疑心了。过去两天里，他已经呼唤过至少两次。他想搞清楚，为什么老是找不到我的人。等他查出我刚安排了时空竖井的一次彻底大修……我现在得走了，哈伦，我等不起。"

"我也等不起。我早就准备好了。"

"你坚持要同去？"

"如果没有障碍物，那就没危险。即使有障碍物，我已经去过一次，也安然无恙回来了。你害怕什么呢，计算师？"

"我想避免任何一丝不必要的风险。"

"那就理智一点吧，计算师。下决心让我跟你一起去。如果你作了决定，永恒时空依然存在，说明你的选择没错，因果链依然能闭合。那也说明你我都会幸存。如果选择是错的，那永恒时空就会立刻消失；不过如果你不让我去，永恒时空肯定会消失的，因为见不到诺依，我绝对不会去找库珀。我发誓。"

忒赛尔说："我会把她带回来。"

"如果像你说的那么容易、那么安全，我去也没事啊。"

忒赛尔明显被摇摆的内心折磨得不轻。他粗声粗气地说："好吧，一起来吧！"

永恒时空依然存在。

即使两人进了时空壶内部，忒塞尔脸上依然还挂着那种见了鬼似的表情。他一直盯着计数器上跳动的指针看。他已经为了这次特殊的航行，调过这台机器的测量单位，每格都代表了一千世纪，但指针还是以每分钟一格的速度跳动着。

他说："你还是不该来。"

哈伦耸耸肩："为什么？"

"因为我心里觉得不安。没有什么确切的原因，非要说的话，算是我长期以来的迷信吧。它让我心神不宁。"他双手交握，紧紧扣在一起。

哈伦说："我不太懂你的意思。"

忒塞尔看上去非常乐意跟哈伦交谈，似乎这样可以驱散一些心中萦绕不去的梦魇。他说："或许我说出来，你能理解一些。你是原始时代的专家，人类在原始时代生活了多久？"

哈伦说："一万个世纪。或许一万五千个世纪。"

"嗯。从类人猿进化到现代的智人形态。对吗？"

"这是常识，没错。"

"那么同样是常识，人类的进化速度非常地迅速。一万五千个世纪就从类人猿进化到智人。"

"那又怎样？"

"嗯，我来自于30000世纪……"

哈伦几乎吓了一跳。他从没想过忒塞尔的故乡世纪原来在那么遥远的未来，也从没见过那些世纪的人。

"我来自于30000世纪之后，"忒塞尔又说，"你来自于95世纪。你我之间的时代间隔，是原始时代人类进化史总长度的两倍，但我们两个之间，差异有多大呢？我比你少四颗牙齿，没有阑尾，物理构造差异仅此而已。我们的新陈代谢系统几乎完全相同。最大的差异恐怕是你的身体能合成类固醇，而我的不能。所以我的食谱中必须包括胆固醇，而你不用。我能和575世纪的女人生孩子，这就说明我们之间的物种差异非常小。"

哈伦看不出意义所在。他从来没有思考过千万年来人类自身的物理结构问题。这种东西人们一般都习以为常。他说："也有很多物种历经几百万个世纪都不会发生变化。"

"但那种情况不多。而且可以肯定的是，人类进化的中止与永恒时空的发展是同时发生的。只是巧合？从来没有人思考过这类问题，除了像申纳那种怪人，而我又不是申纳。我从来不认可这种空想思维。任何无法通过计算机阵列计算检验的东西，都不值得浪费计算师的时间。不过，在我年轻的时侯，的确也想过……"

"想过什么？"哈伦想，好吧，闲着也是闲着，听听也无妨。

"我曾经想过永恒时空刚建立时的模样。开始的时候它只能

219

覆盖30到50世纪之间，主要功能是贸易。而且贸易主要服务于地表剥蚀地区的植树造林运动，在过去和未来之间来回运送表层土壤、淡水和化肥。那是单纯的年代。

"但后来我们发现了现实变革。高级计算师亨利·威兹曼在那场后人耳熟能详的戏剧化事件中，移去了一位国会议员车上的刹车装置，从而避免了一场战争的发生。自那以后，永恒时空渐渐把它的重心从贸易转移到了现实变革行动。这是为什么呢？"

哈伦说："原因显而易见。为了人类的福祉。"

"对，没错。平时我会这么想。不过现在我说的是内心深处的噩梦。或许还有其他原因，一个秘而不宣的原因，一个藏在人类潜意识里的原因。如果一个人能通过时间旅行，到无限远的未来，他可能会遇上进化程度远比自己高级的人类，他与对方的差距，就像类人猿和他的差距那么大。这不应该是很正常的事吗？"

"或许吧。但人类还是人类……"

"……至少到了70000世纪还是这样。是，我知道。那这种情况是不是和现实变革行动有一定的关系？我们可以消除差异性。申纳故乡世纪那种剃掉毛发的文化特征被视为异端，那其实一点危害都没有啊。或许坦白地说，毫无掩饰地说，我们阻止了人类的进化，因为我们不想见到比自己高级的超人类。"

听到这种观点，哈伦并没有表现出多少震惊。"我们做到了。这有什么关系？"

"但如果超人类真的存在，存在于我们无法抵达的未来呢？我们只能控制70000世纪之前，再往后就是隐藏世纪了！那里面隐藏着什么秘密？那个时代的人类不想跟我们打交道，所以把我们阻挡在门外？为什么我们就任凭他们阻挡着？因为我们也不想和他们打交道，所以一旦进入他们的世纪失败之后，就拒绝再次尝试？我不敢说这是刻意为之的结果，但不管是刻意还是无意，它的确提供了一种解释。"

"就算你说的全对，"哈伦绷着脸说，"我们接触不到他们，他们也接触不到我们。我们相安无事也很好啊。"

忒塞尔似乎对他这句话很有感触。"相安无事当然好，但我们并没有。我们会做现实变革，变革的影响一般只会持续几个世纪，然后就消失了。你回忆一下申纳午餐会时说的那些没有答案的问题，这就是其中之一。他的观点是，这种现象只是统计的结果，原理尚未明朗。有些变革会比其他变革影响更长远。从理论上讲，只要采取了适当的变革，就可能影响到足够久远的未来，或许是一百个世纪、一千个世纪甚至是几十万个世纪。隐藏世纪里进化到更高级阶段的人类肯定知道这些。假设他们担心我们采取的某次变革会一路影响到200000世纪，他们会怎么办？"

"担心这种事情没什么意义。"哈伦的语气说明，他还有更重要的事情需要担心。

"但假设一下，"忒塞尔低声说道，"只要我们不碰他们的隐藏世纪，他们就始终悄无声息。这说明我们没有体现出攻击性。假如双方之间的默契——或者你随便叫作什么关系——被打破，我们这边有人想要在70000世纪之后建立永久定居点。假如他们把这种行为当作一次严重的入侵，会怎样？他们可以把我们挡在他们的世纪之外，说明他们的科技比我们发达得多。假如他们做出了一些我们看来绝无可能的事，在时空竖井中放置了路障，切断我们和……"

现在哈伦也站起来，心中无比恐惧。"他们抓走了诺依？"

"我不知道，只是一种猜测。或许竖井里根本没有障碍物。或许是你的时空壶出了故障……"

"的确有障碍！"哈伦喊道，"哪里会有别的可能？为什么以前你从来没跟我说过这类事？"

"因为我自己并不相信，"忒塞尔咕哝着说，"其实我现在也不信。这么愚蠢的梦话，我本来一个字都不该说的。我自己的恐惧——库珀的问题——所有的一切——不过等等，稍等一下。"

他伸手指向计数器。指针显示，他们已经来到95000世纪至96000世纪之间。

忒塞尔手握操纵杆，把时空壶上行的速度放慢。过了99000世纪，指针的动作几乎停下了，每个世纪的跨越都显示了出来。

99726—99727—99728—

"我们在干什么？"哈伦喃喃地说。

忒塞尔摇摇头，可能是示意对方别说话，保持耐心，也可能表示他也不知道能干什么。

99851—99852—99853—

哈伦稳定身形，准备接受撞上障碍物的冲击，心里绝望地想：难道只有保住永恒时空，才能寻找机会向隐藏世纪的生物发起反击？除此之外，就没办法救出诺依？只能撞上障碍，回到575世纪，重整旗鼓卷土重来……

99984—99985—99986—

"就是现在，现在，现在。"哈伦低声说道，丝毫没意识到其实自己没发出半点声音。

99998—99999—1000000—1000101—100102—

数字持续上升，两人默默地看着数字持续上升。

然后忒塞尔大喊："根本没有障碍物！"

哈伦回答："以前有的，以前有的！"然后又恼火地说，"可能他们已经抓走她了，不用再放障碍物挡路。"

111394世纪到了！

哈伦跳出时空壶，大声呼喊："诺侬！诺侬！"

空荡荡的分区里，他的声音在墙壁间回响不绝。

忒塞尔要镇定得多，他爬出时空壶，在年轻人身后喊："等等，哈伦……"

一点用都没有。哈伦已经狂奔出去，沿着走廊弃向他曾经安作爱巢的区域。

他隐隐地想到，有可能会碰上忒塞尔所说的"进化后的人类"，身上忍不住起了一层鸡皮疙瘩，不过他最迫切的愿望还是见到诺侬，也顾不了那么多了。

"诺侬！"

就在这一瞬间，她突然扑到了他的怀里，他甚至没反应过来，还没看清怎么回事，姑娘就已经在他怀里，紧紧抱着他，依偎在他肩头，乌黑的长发温柔地拂过他的面颊。

"安德鲁？"她开口问道，却又因为抱得太紧，声音有些含糊，"你去哪儿了？你好多天没来，我都吓坏了。"

哈伦挣脱她的拥抱，把她拉到面前仔细端详，严肃地问："你还好吗？"

"我很好。我还以为你出事了，我以为……"她突然打住话头，眼中浮现出一丝恐惧，喘息着喊，"安德鲁！"

哈伦转身。

只是忒塞尔过来了而已，还喘着气。

诺依从哈伦的神情中得到了一些安慰。她平静地问："你认识他对吗，安德鲁？没事吧？"

哈伦说："没事。他是我的上司，高级计算师拉班·忒塞尔。他知道你的事。"

"高级计算师？"诺依有点瑟缩。

忒塞尔缓缓走过来："我会帮你的，孩子。我会帮助你们两个。我已经向技师许下承诺，只要他相信的话。"

"我向你道歉，计算师。"哈伦生硬地说，好像没多少诚意。

"我接受。"忒塞尔说。他伸出手，拉住姑娘一只不太情愿的手，"告诉我，姑娘，你在这里过得好吗？"

"我一直很担心。"

"哈伦离开后，一直没有别人过来找你吧？"

"没——没有，长官。"

"一个人也没有？什么东西都没有？"

她摇摇头，漆黑的眼眸转向哈伦那边，"为什么这么问？"

"没什么，姑娘。愚蠢的梦话而已。来吧，我们一起回575世纪。"

在归途中的时空壶里，哈伦渐渐沉陷在忧虑和疑惑的寂静中。在驶向过去，跨过100000世纪的时候，他都没有抬头看一眼，而忒塞尔则如释重负似的哼了一声，仿佛一直在担心他们会被困在未来的那一端。

诺侬的手悄悄伸过来，握住他的手，他几乎没有反应；感受到她指尖传来的压力，他也只是机械地回应。

诺侬睡在其他房间里，而此刻忒塞尔高涨的情绪几乎吞没了哈伦。

"找出那条广告，孩子！你已经找回了你的女人。我该做的已经做完了。"

哈伦似乎还没回过神来，他默默地翻动桌上的杂志书页，找到了那则广告。

"线索非常简单，"他说，"但是是用英语写的。我会读给你听，翻译出来。"

那是一则极其简单的广告，刊登在杂志第30页左上角。广告背景是不规则的线条，正文采用印刷体，字体朴素：

ALL THE

TALK

OF THE

MARKET[①]

在它们下方则有一行小字，内容是："《投资新闻通讯》，第14号邮政信箱，丹佛市，科罗拉多州。"

忒塞尔专心听着哈伦的翻译，但最后显然很失望。他问道："什么是市场？他们这是什么意思？"

---

① 关于市场的所有讨论。

"指的是股票市场。"哈伦不耐烦地说，"一种体系，使得私人资本可以投资到商业活动中。但这不是关键，你看到广告的背景图案了吗？"

"看到了。原子弹爆炸的蘑菇云图案，为了吸引眼球而已。怎么了？"

哈伦几乎炸开："伟大的时间之神啊，计算师，你是怎么了？你看看这期杂志的刊发时间。"

他指向页面顶端，页码的左边位置。发刊日期是1932年3月28日。

哈伦说："这不用翻译了吧？标准共时语中标记时间的方式和以前一样，你能看出来那是1932年。你不知道吗，在那个年代还没人见过蘑菇云？没有人能精确地画出这样的图案，除非……"

"等等，这不过是线条而已。"忒塞尔竭力保持平静。"画成蘑菇云的形状，或许只是巧合。"

"是吗？那你再看看这几个单词好吗？"哈伦的指尖戳着那几个词，"ALL-THE TALK OF-THE MARKET，每行第一个字母连起来就是ATOM，英语中'原子'的意思。这也是巧合吗？不可能。

"你还不明白吗，计算师，这条广告有多么契合你一开始的推测？我一看见它就明白了。库珀知道这是一条全然时代倒错的广告。但与此同时，对于任何一个19.32世纪的人来说，它只能表示出字面含义。

"所以它一定是库珀刊载的。这就是他的留言。我们已经把他身处的时间精确到百分之一世纪，而且也有了准确的通讯地址。剩下唯一的任务就是去找到他，而我是担负这项任务的唯一人选，因为只有我具备充足的原始时代知识。"

"你会去吗？"忒塞尔如释重负，脸上露出欢快的神色。

"我会去——但有个条件。"

忒塞尔好像被泼了一盆冷水，皱起眉头说："又有什么条件？"

"还是同一件事。我不会再加新的条件了。我需要保证诺依的安全，我要带她一起去。我决不会再把她一个人留下了。"

"你现在还不相信我？我有什么事对不住你吗？你心里还在担心什么？"

"只有一件事，计算师，"哈伦平静地说，"只有一件事。曾经树立在100000世纪处的障碍物。为什么会有那种东西？那件事依然困扰着我。"

第十七章 因果链的闭合

那件事一直反复困扰着他。随着时空之旅准备工作的进行，这种烦恼与日俱增。这件事仿佛横在他和忒塞尔之间，甚至还成为了他和诺依之间的阻碍。他沉浸在烦恼中，竟然没发现出发的日子已经到来。

忒塞尔从全时理事会的小组会议上回来，哈伦勉强打起精神询问状况。"会开得怎么样？"

忒塞尔无力地说："在我开过的所有会议里，这次绝对算是不怎么样的。"

哈伦本来想就此打住不问，不过他沉默了一下，还是含糊地说："我想你应该没提到……"

"没有，没有，"老头子暴躁地回答，"姑娘的事我一个字都没提，你故意送错库珀的事也没提。我只说是一次不幸的失误，机械故障。我揽下了全部责任。"

哈伦不堪重负的良心又感到一阵刺痛。"希望不要对你有太大影响。"

"他们能拿我怎样？现在他们也只能乖乖等着我们的补救，不敢动我。如果我们失败了，一切是好是坏都没有意义了。如果我们成功了，我算是将功补过，也没事的。如果我受到牵连……"老头子耸耸肩，"我就打算退休了，从此不再过问永恒时空的事。"不过说这话的时候，他又摸出一支烟点上，但还没抽到一半就扔了。

他叹了口气，"我真心不希望把他们牵扯进来，但也没别的办法；我们毕竟还要征用特制时空壶，再次进行穿越永恒时空起点的旅行。"

哈伦转过身去。他的思绪又回到了这些日子困扰他的烦恼中。他模模糊糊地听到忒塞尔在说着什么，但对方好像重复了几遍他才回过神来。"你说什么？"

"我说，你的女人准备好了吗，孩子？她能理解我们在做什么吗？"

"她准备好了。我什么都告诉她了。"

"她有什么反应？"

"什么反应……嗯，是的，噢，跟我预想的差不多。她不害怕。"

"只剩下不到三个物理小时了。"

"我知道。"

就在此刻，哈伦终于抛下心中所有烦恼，为自己必须要做的事下定了决心。

在时空壶装载货物、调整控制系统的时候，哈伦和诺依已经换好了服装，现在他们看起来就像是20世纪早期的乡村人士。

诺依对哈伦给她安排的行头作了一些调整，她坚持认为，女性在服饰和审美方面有着与生俱来的天赋。她翻了很多册新闻杂志，从广告图片里精心选择样式，然后又仔细考察了多达十几个世纪的流行服饰元素。

偶尔她会征求哈伦的意见。"你觉得怎么样？"

他只会耸耸肩。"如果挑衣服要靠直觉，那就随便你吧。"

"听起来可不太好啊，安德鲁，"她的声音轻松明快，却有点不太自然，"你太随意了。你到底怎么了？好些天了，你都不像从前的你了。"

"我没事。"哈伦只是淡淡地回答。

忒塞尔第一次看他们的20世纪服装造型，不禁莞尔，做出了一点调笑的表示。"时间之神啊，"他说，"原始时代，人们穿得可真丑，不过即使如此也无法掩藏您的美丽，我——我亲爱的。"

诺依向他露出开心的微笑，哈伦在一旁无精打采地沉默着，不过也不得不承认忒塞尔笨拙的殷勤话说得有几分道理。诺依的服饰并没有起到衬托她美丽的应有作用。她的妆容只是脸颊和嘴唇上毫无创意的色块，眉毛也被画得远不如天然的好看。她那美丽的长发（这是最差劲的部分）已经被无情地剪短。但是如此，她依然是个美人。

哈伦已经习惯了自己那条毫不舒服的腰带，习惯了腋窝下和裆口过紧的剪裁，以及质料粗糙的服饰单调的颜色。穿上奇怪的服装适应一个时代风格，他早就轻车熟路。

忒塞尔说："现在我真的想在时空壶内部安装一套手动操纵设备，我们以前讨论过，但显然没法做到。工程师们必须要确保时空壶得到足额的能量输入，从而能控制它的时空错位，这种能量出了永恒时空就不存在了。我们只能利用进入原始时代时产生的时空张力。不过，我们还是安装了一个回航启动杆。"

他把他们带到壶里，穿过堆积如山的补给物资，找到那个光滑舱壁上突出显眼的金属杆。

"它相当于一个简单的开关。"他说，"这个时空壶不会自动返回永恒时空，它会一直留在一般时空等你们。只有等到你拨动那个回程开关，你们才会回来。然后我们才能准备第二次航程，我希望，那就是最后一次……"

"第二次航程？"

哈伦说："我没跟你解释过这个。你看，我们这一次航程的唯一目的只是确定库珀抵达那个世纪的精确时间节点。我们不知道从他抵达那个世纪到刊登广告之间间隔了多久。我们会按照那个通信地址找到他，如果可能的话，了解到他进入那时代的确切时间，精确到分钟，或者尽可能精确到某种程度。然后我们就可以在库珀进入错误时代的15分钟之后，回到他刚好离开时空壶的那个时间点……"

忒塞尔插话："你知道的，我们不可能让同一个时空壶在同一时间和地点同时出现两次。"然后他努力露出笑容。

诺依似乎听懂了。"我明白了。"她说着，好像没全听懂。

忒塞尔对诺依说："只要能在库珀刚抵达的时候截住他，就会消除所有的微量变革。那个原子弹形状的广告会消失，库珀唯一知道的就是，时空壶按照计划在15分钟后消失，然后突然又出现了。他不会知道自己被送到错误的世纪，也不会有人告诉他。我们会告诉他，我们忘了某种关键性指导课程（我们会编一些出来），接下来我们唯一能做的就是祈祷他别把这次矢误当回事，在写回忆录的时候别提到他被送过两次。"

诺依扬了扬粗细不均的眉毛。"好复杂啊。"

"是的，没办法啊。"他又把两只手扣在一起，看着面前的二人，仿佛在努力消除心中的疑惑。然后他挺直身子，拿出一支新的烟卷，刻意表现出一种愉悦的情绪，开口说道："时间到了，小子，祝你们好运。"忒塞尔和哈伦简单地握了握手，向诺依点点头，然后走出时空壶。

"我们现在要出发了吗？"壶里只剩下他们两个，诺依问哈伦。

"还有几分钟。"哈伦说。

他用眼角的余光扫了一眼诺依。她正微笑着仰头看他，目光无所畏惧。这一刻，他在心中以同样的热情回应。不过他告诫自己，这是出于激情，而非理性；这只是本能反应，而不是深思熟虑的结果。于是他偏过头去。

旅程平淡无奇，或者说几乎是平淡无奇，与普通的时空壶之旅并没有什么不同。只有在穿越时空竖井起点障壁的时候，好像有点震动，不过很可能是心理作用。那点感觉几乎是完全察觉不到的。

然后他们就抵达了原始时代，走出时空壶，走进一片寂静无人的崎岖山区，迎面撞上午后灿烂的阳光。一阵微风吹过，有些凉意，不过周围最显著的特征还是寂静。

光秃秃的岩壁粗糙而宽阔，因为富含铁、铜和铬等元素，所以在阳光照耀下反射出暗淡的彩虹色光芒。在这种宏大荒凉的野外景象中，哈伦觉得自己渺小而软弱。永恒时空此时尚未建立，那里面是他住惯的环境，没有太阳，也没有这些景色，只有净化过的空气。对于自己故乡世纪的事情，他的记忆已经模糊了。从前深入一般时空做观测任务的时候，他也总是置身于都市人群之中，从来没见过这么荒凉的景象。

诺依碰了碰他的手肘。

"安德鲁！我好冷。"

他吓了一跳，回身看她。

她说："我们不能生个炉子吗？"

他说："可以，就在库珀的洞穴里吧。"

"你知道在哪儿吗？"

"就在这里。"他简短地回答。

这一点毫无疑问。回忆录中有明确的记载。库珀已经定位精准地找到了那个点，现在他也来了。

从新手期开始，他对自己的时空旅行定位能力就毫不怀疑。他还记得，自己当年神色严肃地面对导师亚罗，提问道："我们都知道地球在绕着太阳转动，而太阳则绕着银河系中心转动。如果我们从地球上某点出发，向下时移动一百年，那你应该会出现在一片真空之中。因为地球还要花上一百年的时间才能移动到这个点啊。"（那时候他还总把一个世纪叫作一百年。）

而导师亚罗则立刻回应："你还没有把一般时空和一般空间的概念分清。在一般时空中移动，你会包含在地球的整体运动中。要不然你想想看，一只鸟儿飞起来，马上就会被甩在太空中。因为地球在以每秒十八英里的速度围绕太阳公转，马上就把那只缓慢的鸟儿甩远了。"

争论类似的问题很大胆，不过哈伦在后来的日子里，借由自己的亲身经验得到了更为直接的证据。在当前这次精心准备的前往原始时代的旅行中，他已经有足够的自信，准确定位，找到计划中的地点。

他把挡在洞口作为掩蔽之用的稀疏石块搬开，钻进洞里。

他拿出一个像手术刀一样的手电筒，在白色光束的指引下探索漆黑的洞穴内部。他一寸寸扫视着洞壁、天花板和脚下地面。

诺依紧紧躲在他身后，低声说道："你在找什么？"

他说："找东西，任何东西。"

他找到了那个东西，就在洞穴的最深处，是一叠被扁平石头压着的绿色纸片。

哈伦搬开石头，拿起那叠纸片，用一只拇指翻动着。

"这是什么东西？"诺依问道。

"银行票据。一般等价交换物。也就是钱。"

"你知道它们就在这儿吗？"

"我什么都不知道，我只是希望能找到而已。"

这只不过是借用了忒塞尔的倒推逻辑，从结果推出原因。永恒时空依然存在，说明库珀作了正确的决策。他预计那则广告可以把哈伦带到这个世纪，这个洞穴自然就是他们建立联系的另一媒介。

结果比他猜测的最好局面还要好。他在准备这次原始时代旅程的时候，哈伦不止一次设想过自己身无分文地走进一座市镇开始活动，身上携带过多的贵金属只会引来怀疑的眼光，而且兑换成现金也要多花一段时间。

库珀肯定遇到过这种情况，不过库珀他有时间。哈伦掂了掂这叠钞票的分量——攒这么多钱可不容易，年轻人干得真不错，简直棒极了。

因果链正在闭合！

在夕阳西下、暮色嫣红中，补给物资逐渐搬进洞穴。外面的时空壶被一片光学散射薄膜覆盖，除非把脸贴上去观察，否则已经完全看不到踪迹。而哈伦也带了一把爆破枪，以防万一。辐射暖炉被搬到洞穴里打开，照明棒被插在洞壁上一处缝隙里，他们有了光和热。

此刻，外面已是寒冷的三月夜晚。

诺依若有所思地盯着暖炉缓缓旋转的内胆，看了好久。然后她说："安德鲁，你有什么计划吗？"

"明天一早，"他说，"我会动身去最近的市镇。我知道它在什么方位，或者说应该在什么方位。"（在他的脑海里，这句话早已不是表示过去或者推测的语态，而是确定语态。不会有什么麻烦的，按照忒塞尔的逻辑。）

"我可以跟你一起去吗？"

他摇摇头："首先，你不会讲本地语言；其次，这趟旅程很艰难，需要经常与当地人接触沟通。"

短发的诺依看上去像个奇怪的古代人，而且她的眼中此刻已经燃起怒火，哈伦神色不安地扭转头。

她说："我又不傻，安德鲁。你最近都不跟我说话，不看我。你怎么了？难道又是你所谓故乡世纪的道德感上头了？你是不是觉得自己背叛了永恒时空，又觉得这一切都怪我？你觉得是我把你带坏了？是吗？"

他说："你不知道我的感受。"

她说："那你说啊。你可以跟我讲啊。没有比今天更好的机会了。你还能感到爱吗？爱的还是我吗？你不应该也不能把我当替罪羊。为什么你要把我带到这里？告诉我。既然我来这儿也没什么用，既然你看都不愿意看我一眼，为什么不干脆把我留在永恒时空呢？"

哈伦咕哝着说："那里很危险。"

"行了，别扯了。"

"不只是危险而已。那里有一个噩梦，计算师忒塞尔的噩梦。"哈伦说，"就在我们最后一次心惊胆战地上移到隐藏世纪的时候，他对我提起过心中的担忧。据他推测，那里头可能居住着进化后的人类种群，新的种群，或者可以看作超人类。他们隐藏在遥远的上时，设置障碍不让我们窥探，暗地里筹划着颠覆我们的工作，终结我们利用永恒时空篡改历史的行为。他认为，是他们制造了那个100000世纪的障碍物。不过后来我们找到了你，忒塞尔计算师就忘记了他这个梦魇。他现在认定，那里从来不曾存在那个障碍物。他的精力马上回到眼前迫在眉睫的问题上，就是如何挽救永恒时空。

"不过你应该能理解，我却被他的梦魇深深感染了。我自己亲身感受过那个障碍物，所以我知道它存在。它不是永恒之人造的，忒塞尔说过它理论上是不可能的。或许永恒时空的科学理论还没发展到那个程度。障碍曾经存在过，它的建造者肯定是某种人类，或者某种未知的种族。"

"当然了，"他若有所思地说，"忒塞尔说的也不见得全对。他觉得人类必然会进化，但也不一定。古生物学在永恒时空里不受重视，但却在原始时代蓬勃发展，所以我也学到一点皮毛。我知道这样的原理：物种进化只是为了应对外部环境的压力。如果生活环境稳定不变，一个物种或许会在几百万个世纪里都保持原样。原始时代的人类之所以飞速进化，是因为他们的生活环境发生了剧烈的变化。无论如何，当人类学会如何为自己创造环境之后，他们就为自己创造了一个舒适稳定的生活环境，所以他们就会停止自然进化。"

"我不知道你在说什么。"诺依说，看起来一点都没有感到安慰，"你一个字都不提我们俩的事，我只想说说我们自己。"

哈伦努力保持神色不变。他说："为什么在100000世纪会存在一个障碍物？它有什么作用？你也没有受到伤害，它还能起到什么作用呢？我问过我自己：到底有什么事情，是因为它的出现而引发；如果它不存在，这件事就不会发生呢？"

他停顿了一下，低头看着自己天然皮革制成的笨重靴子。他突然想到今晚为了舒服一点，可以把靴子脱下来，不过不是现在，不是现在……

他说："这些问题只有一个答案。正是因为时空障碍的存在，我才会回到下时，带上神经鞭，去拷打芬吉。我被彻底激怒了，所以才会去要挟永恒时空，想把你换回来；然后在以为自己威胁失败的时候，不惜与永恒时空同归于尽。你明白吗？"

诺依看着他，眼神中混杂着恐惧和难以置信。"你是说，未来的人类希望你做出这些事？都是他们策划的？"

"是的。别这么看着我。是的！你还没看出来不同吗？只要我的一切行为都出于本心，都是出于自己的原因，那么我愿意承担一切后果，不管是物质上的损失还是精神上的痛苦。但如果我是被人骗了，被别人引导着走上这条不归路，那些人操纵着、引导着我的情绪，就好像把我当机器人，只需要插入打孔箔条，输入指令……"

哈伦突然发现自己正在咆哮，突然住口。他先让奔涌的情绪平静了一下，然后说道："这件事让我难以接受。我必须要弥补自己被人当木偶犯下的那些错。只有弥补了那些错误，我才能得到安宁。"

他应该能做到——可能只是或许能做到。他感到一阵毫无喜悦的胜利感，这是纯理性结果，与他这段时间的个人悲剧毫无关系。新的因果链正在闭合！

诺依怯生生地伸出手，好像要拉住他僵硬的手掌。

哈伦拒绝了她的安慰，缩回手掌。他说："一切都是安排好的，包括我和你的相遇，一切都是人为的。他们早就分析过我的性格特征，显然如此，包括我的行为和反应。我就像个人偶，他们知道按下什么键，人偶就会做什么样的动作。"

哈伦说得无比艰难，带着深深的羞愧。他摇着头，想努力甩脱心中的恐惧，就像小狗甩落身上的水珠，"以前我一直有一件事想不通。我怎么能猜到库珀要被送回原始时代？这件事根本毫无头绪，无从猜测，我又没有理论基础。忒塞尔也不能理解，他不止一次提到，为什么我缺乏数学知识，却做到这一切？

"但我就是想到了。就在我们第一次——在一起的时候，你睡着了，但我没有。我感觉脑海里有些事必须要记住；一些符号、一些想法，就出现在那个激情四射的夜晚。当我顺着这个思绪想下去，库珀的意义就突然出现在我的脑海，而且伴随着他出现的还有一个念头，就是我此刻的地位足以毁掉永恒时空。后来我在数学史中翻捡证据，但其实根本没必要。我早就知道了。我早就确信库珀的事。怎么做到的？怎么回事？"

诺依专心致志地看着他。她没有再试着碰触他。"你是说，这些事也是隐藏世纪的人安排的吗？他们把这些东西放进你的脑海，然后操纵着你的行动？"

"是的，是的。不过他们尚未成功。他们还有一些工作要做。他们安排的因果链可能正要闭合，但目前尚未闭合。"

"他们还能怎么做呢？他们又没有在你我身边。"

"没有吗？"他声音缥缈地说出这三个字，诺依脸色一变。

"难道是隐身超人？"她喃喃自语。

"不是超人，也不是隐身的。我跟你说过，如果人类可以控制自己的生活环境，形态就不会进化。隐藏世纪里的人也是智人种族，也就是正常人类。"

"但他们肯定不在这里啊。"

哈伦悲哀地说："你就在这里，诺依。"

"是，你也在。没有别人了。"

"你和我。"哈伦同意，"没有别人了。一个隐藏世纪的女人和我……别演戏了，诺依，求你了。"

她盯着他，眼神充满恐惧："你在说什么啊，安德鲁？"

"说我必须要说的话。那晚上你跟我说了什么，给我喝了什么东西？你的确跟我说了什么。你那温柔的声音，温柔的字句……我不记得听到了什么内容，但我记得你那甜美的声音一直在低语。你在说什么？是在说库珀穿越时空回到过去吧；还有我与永恒时空同归于尽，力士参孙的最后一击。我说的对吗？"

诺依说："我都不知道什么是参孙。"

"你能猜出它的确切含义，诺依。告诉我，你是什么时候进入482世纪的？你代替了谁？或者你干脆就是硬生生安插进来的？我在2456世纪找专家看过你的人生规划。在新的现实里，你完全不存在。没有新的你。如此微小的变革，很难导致这么严重的结果，但也不是全无可能。当时人生规划师说了一句话，我没往心里去。很奇怪，我现在还记得那句话。或许就从那一刻起，我下意识里明白了一些事。但我那时的心全部被你占据，无暇他顾。他那时候说：'按照你提交给我的所有因素来看，即使是变革之前的旧现实，我也看不出她有什么存在的理由。'

"他说得没错，你根本就不曾存在。你是来自于遥远上时的时空入侵者，你操纵了我和芬吉的心智，把我们当木偶。"

诺依急切地说："安德鲁——"

"如果我眼睛放亮一点的话，早该发现许多蛛丝马迹的。你房间里有本书，名字叫做社会经济史。当时我看到它，还觉得挺奇怪。现在我明白了，你真的需要这本书对吗？你要通过它，学习怎样完美扮演那个时代的女人。还有一件事，当我们第一次驶入隐藏世纪的时候，还记得吗？是你把时空壶停在111394世纪。你是故意的，动作干净利落。你从哪儿学会操纵时空壶的？如果你那些骗人的鬼话是真的，那次旅行可是你的第一次时空壶之旅。为什么要到111394世纪？这里是你的故乡世纪吗？"

她柔声问道："你为什么要带我来原始时代，安德鲁？"

他突然开始吼叫："为了保卫永恒时空。我不知道你在永恒时空里还能搞出什么破坏。不过在这里，你就无依无靠了，因为我已经看穿你了。承认吧，承认我说的都是真相！承认吧！"

他狂怒地站起来，高举双手。她没有退缩，非常平静，她看起来就像是一尊完美无瑕的温柔女人蜡像。哈伦停住动作。

他说了一遍："承认吧！"

她说："你已经做过这么多推理，心里还不能确定吗？我承不承认还有什么关系吗？"

哈伦感到心中蛮性勃发。"不管怎样，还是承认吧，因为那样我就不会感到内疚了。再也不会内疚了。"

　　"为什么要内疚？"

　　"因为我有一支爆破枪，诺侬，而且我准备杀了你。"

第十八章 无限时空的开启

哈伦的内心其实在不停摇摆，犹豫和迟疑正在侵蚀着他的意志。他已经把爆破枪端在手中，枪口对准诺依。

不过她为什么沉默不语？为什么她能保持不动声色？

他怎么能下得了手杀她？

他又怎能不杀她？

他嘶哑着说："怎样？"

她有所动作，不过只是把双手放在膝盖上，看起来更放松，也更超然了。当她开口说话的时候，她的声音仿佛不像世间凡人。在枪口之下，这样的态度显得自信洒脱，甚至有些超人的神秘力量感。

她说："如果你为了保卫永恒时空，那么用不着杀我。如果只是这个原因，你完全可以打昏我，把我捆起来，关在这个洞里，然后自己出去办事就好了。要不然你也可以求助于忒塞尔计算师，让他在你返回原始时代的任务期内把我单独囚禁就好了。你也可以明天带我一起行动，然后把我扔在荒郊野外。如果只有杀了我才能平息你的怒火，那说明你只是恨我背叛了你。你只是恨我为了让你背叛永恒时空，先引诱你陷入爱河。所以你杀我，只是因为自尊受损引起的情杀，而根本不是你刚才说的那些义正词严的惩罚。"

哈伦痛苦地扭动了一下。"你是不是来自于隐藏世纪？告诉我。"

诺依说："是的。你现在要开枪吗？"

哈伦的手指在扳机上颤抖着，还是犹豫不决。他心中还有一个声音，毫无缘由地为她求情，提醒着自己，心中还有残存的爱意和渴望。难道在他的反目之下，她已经绝望了？难道她故意这么说，以求速死？难道她面对爱人的怀疑，已经愤怒绝望，干脆要以死明志了？

不可能！

在289世纪的胶卷资料中，有一些变态的文学作品会有这样的情节，但诺依这样的姑娘绝不会这样。她绝不是那种迷恋生离死别的自虐狂，把死在一个发狂的爱人手里当作浪漫。

那她会不会只是看不起他，觉得他根本没有杀她的能耐？难道她依然坚信自己有足以慑服他的魅力，让他在扣动扳机之前手脚发麻，在软弱和羞愧中下不去手？

恐怕真是这样。他扳机上的手指稍微加重了一点力量。

诺依又说话了："你还在等什么？你是不是觉得我一定会开口自辩？"

"你还有什么可辩解的？"哈伦努力装出轻蔑的口气。但话题扯到这里，他心里松了口气。至少不会马上看见她被爆破枪打烂的躯体，不用亲手把他美丽的诺依轰成一堆模糊的血肉。

他给自己的迟疑找到了借口。他狂热地想：让她说。让她说出隐藏世纪的阴谋，这样才能更好地保卫永恒时空。

这个念头让他的行动多了一些底气，现在他终于敢抬起头面对她，神色几乎和对面的她一样平静。

诺依仿佛猜透了他的心思。她说："你是不是想让我交代隐藏世纪的事？如果你觉得这算是辩解的话，那倒是很简单。比如说，你想不想知道为什么150000世纪之后地球上就没有人类了？你有兴趣知道吗？"

哈伦可不会求她传业解惑，更不会任凭她以此作为条件要挟自己。他手里有枪，绝不能露出半点弱势的感觉。

他答道："快说！"听到他的怒喝，她脸上瞬间露出一丝微笑。他的脸马上红了。

她说："按物理时间计算，早在永恒时空还没有延伸到遥远未来、没有延伸到10000世纪之后的时候，我那个世纪的人——你猜得没错，的确是111394世纪——就发现了永恒时空的存在。我们也有时间旅行技术，你懂的，但它的理论基础和你们完全不同。我们倾向于观察一般时空，而不是改变它。而且，我们只会观察过去，观察我们的下时。

"我们间接发现了永恒时空的存在。首先，我们发展出了现实计算理论，通过它又检验了我们自己的现实。我们惊讶地发现，我们的现实只基于某种非常低的几率而存在。这是个严重的问题。为什么存在几率会这么低呢？你好像心不在焉啊，安德鲁！你真的有兴趣听吗？"

哈伦听到她叫自己的名字，声音温柔亲昵，如同这几周来的每时每刻。这本该激怒他，让他涌起对背叛行为的愤恨之情，但是却没有。

他绝望地说："继续讲，把话说完，女人。"

他试图用冷峻的怒火和那声"女人"，抵消掉她那声"安德鲁"带来的温柔之情。不过她苍白的脸上只露出微微一笑。

她说："我们沿着一般时空的路径检索，寻找自己的起源，无意中发现了永恒时空。我们马上就明白了，在物理时间——我们也有这个概念，但叫法不同——的某个节点上，存在着另一个现实。而这个现实是出现几率最大的那个，我们称之为基本现实。基本现实曾经将我们包含其中，或者说在基本现实的发展中，我们至少会以某种形式存在。那时候我们还不能确定基本现实的样貌，当时也不可能知道。

"不过我们知道，在遥远的下时，永恒时空曾经以统计学计算为基础，发动了一些变革，改变了基本现实的发展路径，后果一直影响到我们的世纪，甚至我们之后的上时未来。我们开始考察基本现实的样貌，以防它有什么坏作用——如果它真是一个坏现实的话。我们首先建立了隔离区，你们称之为隐藏世纪。通过它，我们把你们隔离在永恒时空的下时一端，也就是70000世纪之前。这道隔离防线基本可以保护我们不受你们变革的影响，虽然有意外发生的几率，但小到可以忽略不计。它并不能做到绝对安全，但至少给我们争取了时间。

"接下来我们做了一些事，虽然违背了我们一贯的文化传统和伦理。我们调查了自己的未来，也就是我们的上时。我们发现在我们现存的现实中，人类文明会继续延续存在，直到遥远的未来。所以我们就可以把这个现实中人类的命运，与未受变革的基本现实中人类的命运进行比较。在现存现实中，人类在125000世纪解开了星际旅行的秘密，他们掌握了超空间跃迁的技术。最终，人类可以驰骋星海。"

哈伦被她精心选择的字句一步步吸引，听得越来越专心。她的话里，有几成是真的？又有几成是为了愚弄他而编出来的谎话？他试图自己开口说话，打乱她流畅叙述的节奏，打破她的魔咒。他说："当他们可以抵达各个星系的时候，他们就踏上征途，离开地球。我们有些人已经猜到了这种结局。"

"那么可以说，你们的人猜错了。人类的确试图离开地球，但很不幸的是，我们并不是银河系唯一的主人。你知道的，银河系中还有无数恒星系。其实还有其他智慧种族的存在。银河系中没有一个文明比地球更古老，但在人类蜗居地球的125000个世纪中，那些更年轻的种族们已经大步赶上，并且超越我们，更早地发明了星际旅行的技术，在银河系内广泛殖民。

"当我们抵达外太空星系的时候，已经到处是警示标志。'此处已被占领！禁止进入！走开！'人类只好缩回了探索的触角，回到家园。但此刻人类已经知道地球是什么：一座被无限空间所包围的监狱……最后，人类就这样灭绝了。"

哈伦说："仅仅灭绝而已。早晚的事。"

"他们并不是仅仅灭绝而已。灭绝的过程长达几千个世纪，其间也有反复，但总体而言，没有目标的空虚感、无力感和无助感是无法克服的。最终，人类的出生率降到了最低，然后就灭绝了。这都是你们永恒时空造成的。"

这时候哈伦就要为永恒时空辩护了。前不久他刚残酷地攻击过永恒时空，此刻他维护起来更为热切，更为毫无保留。他说："让我们能触及隐藏世纪，我们就会纠正这种走向。在我们能触及的时代，我们一直都能实现人类最大的福祉，从未失手。"

"最大的福祉？"诺依声音缥缈，露出嘲讽的意味，"那是什么东西？答案都来自于你们的机器吧。你们那些计算机阵列。

但那些机器又是谁来调整的？计算规则又是谁建立的？在解决问题的时候，机器只不过是运算速度快罢了，根本没有人类智慧的洞悉远见。只是快而已！接下来我问你，永恒之人觉得什么是幸福？好吧，我告诉你答案——安全和安逸，中庸之道，永远不要激进。如果没有百分之百确定的优厚回报，绝对不要冒险。"

哈伦吸了口气。借着这个动作，他想起了当时忒塞尔在时空壶中对他说过的话，关于进化后人类的事。他说："我们消除了反常事物。"

果真如此吗？

"很好，"诺依说，"你开始思考这个问题了。现在好好想想吧，在当前现实中，为什么人类会屡败屡战，反复尝试太空旅行？可以肯定，在每个太空旅行技术进步的年代，人们都知道前人所经历的失败。那么，为什么他们还要再次尝试呢？"

哈伦说："我没研究过这个问题。"但他还是很不舒服地想到了火星殖民地，人类总是一次次试图殖民火星，却总是失败。他还想到了，太空飞行总是充满了迷人的吸引力，即使对永恒之人也是如此。他甚至想到了2456世纪的社会学家伏伊，那位永恒之人在得知那个世纪的电子重力太空航行技术被抹去之后，曾哀叹地说："那技术可真完美。"生命规划师费鲁克得知新技术被抹去也充满愤恨，还以永恒时空处理抗癌血清技术的方式为理由大放厥词，以求平衡心态。

是不是在智慧生命的心中，天生就有这种向外扩张的本能渴望；他们都梦想着抵达其他星系，抛弃故乡的牢笼？难道就是这种渴望，驱使着人类几十次地开发太空飞行技术，在这个只有地球适宜人居的太阳系内死寂的空间里反复探索搜寻？是不是因为每次尝试都会失败，每次人类都只能返回自己的牢笼，所以永恒时空一直以来不断坚持抵抗这种不适应？哈伦想起来，在电子重力太空航行技术失败的年代里，人类总会陷入严重的滥用药物状态。

诺依说："在消弭人类灾难痛苦的同时，永恒时空也消除了人类走向辉煌的可能。只有经过严酷的考验，人类才能不断前进，走向发展的高峰。危险的环境和危机感，才是驱使人类不断进步，不断征服新事物的根本动力。你能理解吗？你能否理解，在消除人类生活中时时伴随的陷阱和苦痛的同时，永恒时空剥夺了人类自我发展、自我寻求克服困难的答案的权利？要知道，要想取得进步、持续发展，要紧的不是避免困难的出现，而是战胜困难，你明白吗？"

哈伦开始机械地引述："为了绝大多数人类最大的……"

诺依插话："假如永恒时空从来没有建立，会怎么样？"

"怎样？"

"我来告诉你这之后会发生什么。人类会把投入在时空工程学上的精力投入到核能开发上。永恒时空不会建立，而星际航行技术则大行其道。人类抵达其他星系的时间，会比当前现实中早一百万个世纪。那时候各个星系都还是无主之地，而人类则会把自己的火种撒遍整个银河。我们将是最早的胜利者。"

"那我们能从中得到什么？"哈伦顽固地反问，"会过得更幸福吗？"

"你所谓的'我们'指的是谁？人类将不止生活在一个世界里，而是遍布百万个世界、千亿个世界。我们所掌握的，将是无限。每一个世界都有它的历史演变、它的价值观，会在它独特的生活环境中探索人类追求幸福的可能。会有无数种幸福、无数种益处、无数种不同的……这才是人类的基本现实。"

"你这都是猜测。"哈伦说道，他发现自己内心居然被她刚刚描绘的图景打动，不禁又生气起来，"你怎么可能猜到将来会发生什么呢？"

诺依说："你们会嘲笑一般时空住民的无知，因为他们以为世上只有一种现实。我会嘲笑永恒之人的无知，因为你们虽然知道有无数种现实，却以为只有一种能够实现。"

"你在胡说些什么？"

"我们并不是在计算各种现实发生的可能性，我们是在观察它们的运行。即使它们不会实现，但我们依然能观察它们的演进发展。"

"你们居然能看到没发生的事，就像看鬼影一样。"

"虽然你是在讽刺，但事实的确如此。"

"你们是怎么做到的？"

诺依停顿了一下，然后说："我怎么向你解释呢，安德鲁？我也曾学过一些东西，了解了它们的运行规律，但却不懂它们为何如此，就像你一样。你能解释计算机阵列运行的原理吗？但你肯定知道它们存在，也懂得如何操作。"

哈伦脸上一红。"好吧，还有什么？"

诺依说："我们学会了观察各种现实，发现了基本现实会按照我刚才所说的路径演进。我们还查明了是哪次变革毁掉了基本现实的运行。不是永恒时空所发起的任何一次变革，而是永恒时空建立的本身——就是它的存在。任何一种有永恒时空存在的系统，都会让人类可以主动选择自己的未来。人类总会选择最安全、最中庸的道路前进，群星就会变成遥不可及的幻梦。只要永恒时空存在，那么人类的银河帝国时代就永远不会来临。为了恢复人类的辉煌，我们必须清除永恒时空。

"现实的数目是无限的，每一种现实的次级分支路径也是无限的。比如说，包含有永恒时空存在的现实数目是无限的；永恒时空不存在的现实数目也是无限的；永恒时空先被建立又被放弃的现实数目也是无限的。但我们年代的人从无限的现实中选择了有我在的一组。

"我完全不知情。他们教育了我，就像你和忒塞尔教育库珀该怎么做一样。但我作为操刀手，能够毁灭永恒时空的现实数目，也是无限的。他们给我提供了五个相对不太复杂的现实，让我挑选。我挑了这个，这个有你的现实，这是五个现实中唯一有你存在的。"

哈伦问道："你为什么这么选？"

诺依把脸扭到一边。"因为我爱你，你明白的。我早在遇见你之前，就爱上你了。"

哈伦身躯一震。她说得无比真挚。他痛苦地想：她真是个好演员……

他说："你说得真可笑。"

"可笑吗？我早就研究过我参与其中的这段现实。我知道自己会前往482世纪，先碰上芬吉，然后是你。在这个现实里，你会来找我，爱上我，把我带进永恒时空，带到遥远的未来，也就是我的故乡；然后你会误导库珀，然后你和我两个人一起回到原始时代。我们会在原始时代共度余生。我亲眼看见在这段现实里，你我生活在一起，幸福安乐，我深爱着你。所以这根本不可笑。我选择了进入这个现实，就是为了让我们的爱情美梦成真。"

哈伦说："那都是假的，都是骗人的。你凭什么认为我还会相信你？"他顿了一下，然后突然说，"等等！你说这一切你事先都知道？所有发生的一切？"

"是的。"

"那你肯定就是在说谎。你肯定不知道我会带着一把爆破枪在身边，你肯定不知道你会失败。这下你有什么可说的？"

她轻轻叹了口气。"我跟你讲过，每个现实之中还会有无数种次级的路径差异。无论我们对一个给定现实的定位多么精准，它还是会分解出无数个不同的微型现实。这本来就是有误差的。我们定位越精准，误差度就越低，但完美无瑕的精确是不可能达到的。误差度越低，路径分歧影响现实演进结果的可能性就越低，但这种可能性不可能低到零。在我们这个现实中，也有误差的存在。"

"什么误差？"

"在我们观测过的现实中，在100000世纪障碍消除之后，你会再次返回遥远的上时找我，但那次你是一个人来的。所以当时我看到忒塞尔计算师的时候，才会那么吃惊。"

哈伦不禁觉得头又大了几分。她编得可真像！

诺依说："如果我当时知道这种路径分叉意味着什么，肯定会更震惊的。如果你是一个人来的，你就会把我带回原始时代，像现在一样。然后出于对人类的热爱、对我的爱恋，你永远也不会接触库珀。因果链就此断裂，永恒时空就此消失，我们则会在这里安全地生活下去。

"但你和忒塞尔一起来了，这说明现实路径出现了分叉。在来的路上，他还向你讲述了他对隐藏世纪的担忧，这给了你启发，引发了你心中的一系列推论，最终指向我的身份。最后的结果，就是我们两人之间的这把爆破枪……那么现在，安德鲁，故事讲完了。你可以杀了我。没人能阻止你。"

哈伦紧紧攥着爆破枪的枪柄，把指节捏得生疼。他赶紧把枪甩到另一只手中。她的故事里就没有破绽吗？他坚强的决心现在跑到哪儿去了？确定了她是来自于隐藏世纪的奸细，他本该意志坚定才对。他感到自己的内心不停摇摆，已经快被撕裂了。外面的天色即将破晓。

他说："为什么你们终结永恒时空的计划还要分成两个步骤？当我把库珀送到错误的年代之后，永恒时空不是已经回天无力了吗？你们的计划到此为止就可以了，不会再有什么变故的可能。"

"因为，"诺依说，"仅仅终结永恒时空是不够的。我们还要把人类在历史上建立任何类似组织的可能性尽可能地降低，接近于零。所以我还要亲自到原始时代做一件事。做一个小小的变革，改变一件小事。按照你们的说法，就是最小必要变革。我会把一封信寄到一个20世纪称作意大利的半岛。就是现在，1932年。只要收到了我这封信，用不了几年之后，一个意大利人就会开始用铀元素试制核弹。[①]"

哈伦吓怕了。"你打算改变原始时代的历史？"

"是的，这就是我们的目的。在这个新的现实，或者说最终现实里，第一次核爆炸会发生在1945年，而不是30世纪。"

"但你们知道这样做有多危险吗？你们计算过危险程度

---

① 此处暗指科学家费米。

吗？"

"我们知道危险。我们观察过从这一点演变而来的许多种现实。的确有浩劫的可能，但不是确定无疑。地球可能会变成一片核战之后的充满辐射的废土，但在此之前……"

"你说，还有什么东西值得人类付出这么大代价？"

"一个银河帝国。基本现实会得以强化，发展壮大。"

"你们不是还指责永恒之人不该篡改……"

"我们指责他们的行为，不是因为篡改，而是因为他们篡改的目的只是为了把人类禁锢在安全的牢笼中。我们只会篡改这一次，仅仅一次，只为了把人类的精力转移到核能科学上，然后人类就永远不会建造永恒时空。"

"不行，"哈伦绝望地说，"永恒时空必须存在。"

"如果你这么想的话，选择权在你的手中。如果你愿意把人类的命运交给一些变态来掌管……"

"变态！"哈伦怒吼。

"他们不是变态吗？你了解他们。你自己想想吧！"

哈伦看着她，眼神中流露出无限恐惧，然后他情不自禁开始回想。他想起了新手培训时期，当他们了解到永恒时空的真相时，那个叫作赖德烈的同事因无法面对而自杀；赖德烈后来还是活了下来，并成为了一名永恒之人，开始了操纵现实变革的工作；没有人知道他的心灵里留下了多么严重的创伤。

他想到了永恒时空中的阶级制度。那里的人们都过着不正常的社会生活，却把心里的负罪感转化成愤怒，转移到时空技师身上。他想到了互相倾轧争斗的计算师们，想到了芬吉对忒塞尔使的阴招，还有忒塞尔对芬吉的窥视。他还想到了丰纳，就为了掩饰光头的窘迫，不惜与其他所有永恒之人作对。

他想到了自己。

然后他想到了忒塞尔，伟大的楷模忒塞尔，也会触犯永恒时空的法律。

他一直都知道永恒时空里的这些乱象。要不然怎么当时一出事，他就想着把它彻底毁掉呢？不过他从未在心里彻底承认这些事；他从来没有勇敢地直面这些问题，直到现在，刚才。

现在永恒时空的真实面貌已经清晰无误地呈现在他眼前：一群越来越病态的精神病，集体偏执狂患者，一群绝望的人，过着被撕裂扭曲的人生。

他茫然地看着诺依。

她温柔地说："你还不明白？跟我来洞口看看，安德鲁。"

仿佛被催眠一样，他跟着她走出洞穴，心里被新的认识和知识塞得满满当当。他手中的爆破枪口，也首次从诺依心口的方向移开。

黎明的天空逐渐泛起灰白，停在洞外的时空壶隐在微薄的天光中，只是一团暗淡的黑影。它的轮廓本来就被人工投影掩盖，已经变得隐蔽暗淡、难以分辨。

诺依说："这就是地球。它并非永恒不变，也不是人类唯一的家园。它只是人类文明无限冒险历程的一个出发点。你现在只有一件事要做，就是下定决心。决定权在你的手里。你和我，还有洞里的一切，会受到物理时间力场的保护，不受这次变革影响。而库珀会和他的广告一起消失；永恒时空会消失不见，我的故乡世纪也一样。但我们会幸存下来，在此安家落户，子子孙孙繁衍不息，而人类的足迹会踏遍星海。"

他转过身面对她，她莞尔一笑。这还是他熟悉的诺依，他依然为她怦然心动。

他甚至没意识到自己已经下定决心，直到天色突然大亮，笨重的时空壶躯体消失不见。

看到时空壶的消失，他便明白了一切。诺依缓缓钻进他的臂弯，永恒时空已经终结。

人类的无限时空，就此开启。

读客®
科幻文库

跟着读客读科幻，经典科幻全看遍。

太空歌剧、赛博朋克、奇幻史诗……

中国、美国、英国、俄罗斯、波兰、加拿大、日本、牙买加……

读客汇聚雨果奖、星云奖、轨迹奖获奖作品，

精挑细选顶尖的科幻奇幻经典，

陪伴读者一起探索人类文明的过去、现在和未来，

亿亿万万年，直至宇宙尽头。

图书在版编目（CIP）数据

永恒的终结 / (美) 阿西莫夫 (Asimov,I.) 著；崔
正男译. -- 南京：江苏文艺出版社，2014.9（2025.11重印）
（读客全球顶级畅销小说文库）
书名原文: The end of eternity
ISBN 978-7-5399-5717-3

Ⅰ.①永… Ⅱ.①阿… ②崔… Ⅲ.①长篇小说 – 美
国 – 现代 Ⅳ.①I712.45

中国版本图书馆CIP数据核字 (2014) 第 026583 号

永恒的终结

［美］艾萨克·阿西莫夫 著　　　崔正男 译

责任编辑	丁小卉	
特约编辑	朱亦红	朱双南
封面设计	王　雪	
责任印制	刘　巍	
出版发行	江苏凤凰文艺出版社	
	南京市中央路 165 号，邮编：210009	
网　址	http://www.jswenyi.com	
印　刷	三河市龙大印装有限公司	
开　本	890 毫米 × 1270 毫米 1/32	
印　张	8.25	
字　数	180 千字	
版　次	2014 年 9 月第 1 版	
印　次	2025 年 11 月第 54 次印刷	
标准书号	ISBN 978 – 7 – 5399 – 5717 – 3	
定　价	45.00元	

江苏凤凰文艺版图书凡印刷、装订错误，可向出版社调换，联系电话：010-87631002。